紫禁城，像一出真实的幻梦。
它是历史留给后人的恢宏乐章，
提醒我们正经历着的世间变幻和无常。

# 故宫如梦

安意如 著
李少白 摄

中国大百科全书出版社

**图书在版编目（CIP）数据**

故宫如梦 / 安意如著 . — 北京：中国大百科全书出版社，2021.2

ISBN 978-7-5202-0915-1

Ⅰ . ①故… Ⅱ . ①安… Ⅲ . ①散文集 – 中国 – 当代②故宫 – 北京 – 摄影集 Ⅳ . ① I267 ② K928.74-64

中国版本图书馆 CIP 数据核字（2021）第 025272 号

| | |
|---|---|
| **出 版 人** | 刘国辉 |
| **策 划 人** | 王一珂　曾　辉 |
| **责任编辑** | 邬四娟 |
| **责任印制** | 魏　婷 |
| **封面设计** | 今亮后声 |
| **出版发行** | 中国大百科全书出版社 |
| **地　　址** | 北京阜成门北大街 17 号 |
| **邮政编码** | 100037 |
| **电　　话** | 010-88390969 |
| **网　　址** | www.ecph.com.cn |
| **印　　刷** | 北京地大彩印有限公司 |
| **开　　本** | 880 毫米 ×1230 毫米　1/32 |
| **印　　张** | 8.5　**插页**　24 |
| **字　　数** | 140 千字 |
| **印　　次** | 2021 年 3 月第 1 版　2021 年 3 月第 1 次印刷 |
| **书　　号** | ISBN 978-7-5202-0915-1 |
| **定　　价** | 68.00 元 |

# 目录

# 序一 旧欢如梦

不知为何，只要闭上眼睛，浮现在我心中的紫禁城的模样，总带着日暮的苍凉或是大雪的清寒，沉静之余让人思绪万千。

或许，是我早在心中为它定了性。开场的婉转悠扬，千娇百媚，俱逃不过终场时的肃杀与岑寂。

从端门逶迤走来，恍若走入历史陈迹。在紫禁城的深处寻找前世的踪影，一早知花落人亡，人去楼空，徒惹唏嘘。

岁月无声，宫阙无言，人事纷纷，死生契阔。

冬日的北京，天际，大片乌云线条柔和，光影婆娑，像多少双眼睛欲说还休。密雪纷扬中，往事升沉，无声胜有声。

昨夜不知雪深重，一重宫阙一层楼。有时候，雪最容易给人“岁月清长，人生如梦”的警喻。一抬头，发现一场雪下过，仿佛又过完一生。

雪后的紫禁城是一场盛大而寂寥的离歌。朱红高墙犹如腾空而起的烈焰，黄色琉璃是迸射的火星。而素雪纷纷，是不甘寂寞的回忆，修饰着繁华沧桑。

没有汹涌的人群，只见素净的天空和清旷的宫殿，一切仿佛又回到了数百年前的某日清晨，端静、肃穆、无趣、无情。

太和门前有五座汉白玉桥（内金水桥），雕冰砌玉，宛如龙须。本也是气势过人的，只是在巍巍太和殿前，束手束脚地匍匐着，显得格外娇小玲珑，平添了几分乖巧可爱。

这就是帝王要达到的效果。

每一位走过金水桥、穿过太和门的人，仍是不能免俗地将目光落到太和殿——这紫禁城最重要的一座宫殿上。

从永乐四年（1406年），朱棣决意离开南京，重返故地北平开始，肇建一座举世无双的宫苑，就成了势在必行之举。而太和殿，作为这世间皇权最恢宏的象征，它的横空出世也是指日可待的。

今天的我们，已无从去细述当时营建这座宫苑的艰险。

皇权所指，天威赫赫，便倾举国之力亦无不可。哪怕代价是耗费钱粮无数，民众死伤枕藉。

直到今日，我看着紫禁城时，依然觉得它是朱红地狱，每一处都渗着血痕，即使那血经年累月，早已干涸。

永乐年间，太和殿的廊柱由楠木制成。这些珍贵的楠木多生长于湖广等地的群山峻岭之中，深藏于原始森林的险峻之处，那里随时有虎豹蛇蟒出没。入山采木形同送死，后人用“入山一千，出山五百”来形容采木的代价。

太和殿俗称金銮殿。明永乐时称奉天殿，嘉靖时称皇极殿，清顺治时方称太和殿，此名延续至今。它建成之后屡遭雷击火劫，经历数次整修，而树木的成长并不由皇帝说了算，到清朝时，即使以倾国之力亦难找出跟原先一样的木材了。太和殿里的龙柱，只能用东三省的松木拼凑而成。

当阳光一点点渗入，漫过严丝合缝的金砖，绕过巍峨的龙柱，照亮御座和御座上方的“建极绥猷”时，我突然感觉到一种彻骨的悲哀。无一例外，那高不可攀的御座会让人不由自主地产生一种梦幻感，让人与世隔绝。这种感觉如此强烈，强烈到让人在孤独中生发出天命所归、繁华永固的臆想来。

当年，无论是御座上的朱姓家族，还是爱新觉罗氏，他们都曾梦想着江山永固，国祚万年；都心知人世无常，寿命短浅，但谁不恋丹墀下众人俯首称臣，山呼万岁？

一朝建成，紫禁城即宫门深锁，与世隔绝。非但皇城，连内城亦不许庶民靠近。这九重宫苑，直如天上宫阙，虽矗立于尘世，却不啻为人间秘境。

在近六百年的时间里，这里只住着两户人家，一户姓朱，另一户姓爱新觉罗。

这样地大费周章，以为高高在上便是安全了，可太平深处深藏患难，江山社稷总不能如君所愿地固若金汤，万载相传。那祸端不缘外侮，亦必起于萧墙。所谓沧海桑田，在人间，总是来得很快。每一次改朝换代的巨变，山河泣血，满目疮痍之后也只有短暂太平。

我相信，北宋凄冷如刀的月色下，那亡国之人发出“雕栏玉砌应犹在，只是朱颜改”的感慨，那“无限江山，别时容易见时难”的喟叹，并不只会造访失败者。

沧桑的惆怅和倦怠，偶尔也会掠过胜利者的心头。只是，这忧伤太清浅，来不及思量，就已经消散，被眼前的良辰美景掩盖。

五百多年，从明朝到清朝，皇帝换了一个又一个，除却亡国之君、末代皇帝之外，谁真心相信了“夫盛必有衰，合会有别离”的道理？谁又曾亲身经历了“国破山河在”的悲怆？都以为，这人世间最奢侈的一个“家”是金石永固、牢不可破的。

这是人的劣根性，不能从心底里接纳无常。目睹他人繁华时，轻谑以对，自诩看透世事；自己兴盛时，却妄想世事永恒，人事不变。到头来，我们看到的是别人的无常，却看不见自身的幻灭。

紫禁城，像一出真实的幻梦。它是历史留给后人的恢宏乐章，提醒我们正经历着的世间变幻和无常。

# 序二 再见故宫

再见，有时是“告别”的意思，有时又是“再次相见”的意思。

无论怎么理解，都契合我对故宫的感情。

我想说的话，还是渗透在行文中，才能表达完整的意思。于是我又将自己的文字从头到尾、逐字逐句地修订了一遍。像如意馆的画师绘皇居，亦如江南的绣娘飞针走线绣出一幅紫禁城金銮图。只有这样，才能理清我对它丝丝缕缕的感情。

昔年那些赫赫有名的宫阙，如烟云般消散。阿房宫、未央宫、大明宫，无一例外地在光阴中倾颓衰败，或干脆毁于战事人祸，成了遗址、废墟，而今我们能看见的最大、最完整的中国古代宫殿群，只剩紫禁城。

我心中的紫禁城，跟现实中的略有差别。

它不仅仅是始于午门、终于神武门的，沿着中轴线次第展开的恢宏建筑群，它更是一个与人有关的存在。

无论站在故宫的哪一处，我想到的首先是人。我可以想象出他们的样子，再用心一点，我还能揣想出他们昔年生活的动静和痕迹。这些人，已经离开了百余年。无论是有名的、无名的，男的、女的，都一样。

“庭树不知人去尽，春来还发旧时花。”

他们在这里生活的时候，大都是不快乐的。巍巍宫墙禁锢了他们的一生，重重宫门断绝了关于远方的念想。

它这么大，又这么小。

朱红炼狱，珠玉为枷。

一生之中，再无别处可以栖息。

哪怕脚下是万丈深渊，无间地狱，也要咬紧牙关前行。只有死的时候，才是暂时的了结。

千红一哭，万艳同悲。即使安稳荣宠也是暂时的，镜花水月一场空。紫禁城的残忍是它能将所有人都变成囚犯，变成面目相似、悲喜莫辨的人。入此宫门来，你原先是谁，是怎样的心地，都不再重要。

这是个铁血的竞技场，弱肉强食。向死而生是唯一法则。有情有义的人，死得当然快。自命理智无情的人，也活得了无意趣。任你是善是恶，是绝顶聪明，是谋略过人，还是铁血无情，都不能成为保障安全和成功的基础。

紫禁城高高在上，如无情天地。美的产生，美的消亡，生命的无常，都是弹指须臾的事情。

天地不仁，以万物为刍狗。小到每个生命个体，大到无数生命个体组成的大千世界，都在它处变不惊的包容中。哭也好，笑也罢；成也好，败也罢，是位尊九五，还是红颜枯骨，在它看来皆是自然寻常。人在这里，与一草一木、阿狗阿猫并无区别。

那日从寿康宫出来，殿前有一株老树，在冬日的天空下看起来分外寂寥。我站在阶前，仰头看四角红墙围住的天空，突然觉得异常悲凉。年年岁岁困居于此，这宫殿虽富丽异常，住久了也是清寒。

以一个古代女人所能奋斗的最高标准来看，曾居住在这里的乾隆帝生母——崇庆皇太后钮祜禄氏是成功的。乾隆帝为她九上徽号，陪她四下江南；外享街衢巷舞的万寿庆典，内享五代同堂的天伦之乐；康熙帝都亲口赞她为“有福之人”。她寿数也高，是中国古代最长寿的皇太后之一，可谓福寿双全了。

可是，那又怎样？

从豆蔻年华开始，被囚禁了一生，直至青春耗尽，依然无复自由。纵然成了最后的胜者，富贵已极，又有何意趣？争伐一生，获得一隅终老之地，独守清宫冷殿，默对暗月残星，听更漏，数流年，回望前事，恍如前生。

纵然曾有一星半点爱意，有后来的半世尊荣，这样的日子，如何能算得上称心如意？不过是“认命”二字罢了。

这里是她的牢笼，亦是她的家，有她的夫与子，这里构成了她全部的世界。除此之外，再无别处可去。

关于故宫，每每提笔，我都有很多话想说；每到落笔，却又不知道从何说起。

“美色终归萧瑟去，待得霜雪染白头。”埋葬了无数人青春和念想的紫禁城，是这般让人心灰意冷，将浮华看化。

但它又有许多故事，不得不说。

林花谢了春红，太匆匆。
无奈朝来寒雨晚来风。
胭脂泪，相留醉，几时重。
自是人生长恨水长东。

——李煜《相见欢》

第一品

○

# 奈何

## 紫禁城

古人认为，紫微星垣（北极星）位于中天，众星拱之，永恒不移，是天帝居住的地方，称紫宫。明、清皇宫取其“紫微中正”之义，同时又属禁地，故称紫禁城。

## 朱祁镇

他这一生，一朝俘虏，七年囚犯，两朝天子，起伏跌宕，堪称传奇。用庸才，杀忠臣，诛奸佞，对错难理清。这一生，除了孤独，还是孤独；除了倦累，还是倦累。

# 壹

不管朱棣即位后所授意撰写的《明实录》如何篡改历史，不可改变的是，他是由一个默默无名、不被朱元璋宠爱的妃子所生。出生时正值陈友谅率军大举进攻应天，朱元璋忙于战事，应接不暇，对这个儿子并没有太深的印象和感情。

在所有的皇子中，朱元璋真正付出感情、悉心栽培的是太子朱标。朱元璋非常注重对朱标的教育，不单给他指派了当时的“天下第一学者”宋濂为师，更任命李善长兼太子少师，徐达兼太子少傅，这三位洪武年间的大能臣组成一个阵容强大的教育团队，分别从学识、文韬（行政经验）、武略（军事经验）上给予朱标指导。

早在洪武十年（1377 年），朱元璋已放手将很多政事交给朱标处理，并告诉他处理国家大事的四字要诀——“仁、明、勤、断”。朱元璋自知驭下极严，一方面固然是他严苛多疑的性格所致；但另一方面也有他的苦心，他想消除所有可能的隐患，所以不惮把恶人做了，留一个铁桶江山给朱标。届时，朱标再以仁治国，博一个万民拥戴，江山永固。

朱元璋没有看错，朱标确实是一个值得信赖的继承人，他有着朱元璋所没有的仁慈。他的儿子朱允炆也是个好人，如果条件允许，他们父子俩都有可能成为爱民如子的好皇帝。奈何，朱标死在朱元璋之前；奈何，年少的朱允炆身后有一位野心勃勃的叔叔——燕王朱棣。

相较于被朱元璋寄予厚望的嫡长子朱标，庶妃所生、排行第四的朱棣着实凄苦，是一个不容易被他爹想起的角色。他上面有三位哥哥，下面还有二十二个弟弟。

自幼奔赴沙场，在刀光剑影中长大的朱棣，跟随洪武年间的名将南征北战，出生入死，他习惯了腥风血雨。战争和权谋将他磨砺得心如铁石，城府极深。他知道，如果想赢得父王的器重，就必须有过人的本事。为此，他抛头颅，洒热血，深入大漠，远征元军，立下赫赫战功。

然而，在他那深信长幼有序、嫡庶有别的父亲眼中，他再威猛也只是镇守边陲的利器，可以用来靖边绥远，安邦定国，却绝不可能被许以九五之位。即使在朱标死后，皇位也只属于嫡长孙——那个少不更事的朱允炆。

虎踞龙盘的应天府，少年朱允炆尚未登上皇位。金戈铁马的北平，虎视眈眈的燕王已是杀机暗涌。随着皇位的更迭，时局发生着变化。有一件事令朱棣寝食难安，如鲠在喉：朱允炆即位之前，身边的两位大臣齐泰和黄子澄便在他耳边吹风，倡议削藩。

削藩之策源远流长，祸患也有前史可鉴。汉景帝时曾引发七国之乱，唐宪宗时亦兵祸连连。此事不是不可行，但若在君权不稳时贸然动手，很可能得不偿失，如果所削藩王又是同姓王，在中国历史上几乎没有成功的案例。

朱允炆虽然不笨，但跟老谋深算的朱棣比起来，还是差了许多。更何况，他手下的谋臣跟朱棣手下的道衍（姚广孝）相比，亦不止低了一个档次。在后来的靖难之变中，黄子澄屡出昏招，更是加剧了他的失败。

黄子澄和齐泰贸然行事，授人以柄，引发众藩王不满。燕王朱棣带头起兵正是打着“清君侧，靖国难”的旗号，众藩王心照不宣，默契地袖手旁观，对应天府不肯发兵相救。

随着朱允炆削藩之策大刀阔斧地进行，形势也越来越紧迫。很快，摆在朱棣面前的只剩两个选择——要么坐以待毙；要么放手一搏，拼死破局。

这是一条一旦开始就无法回头的路。

在这个绝对的世界，成王败寇，皇权争斗没有模糊的边界，没有中间道路可循。对志在天下的人而言，要么成功，要么失败，不容逃避。

> 昆曲《千钟禄·惨睹》里有一支《倾杯玉芙蓉》：“收拾起大地山河一担装，四大皆空相。历尽了渺渺程途，漠漠平林，垒垒高山，滚滚长江。但见那寒云惨雾和愁织，受不尽苦雨凄风带怨长。雄城壮，看江山无恙，谁识我一瓢一笠到襄阳？”

转眼间，血流成河，江山易主。人世间的翻天覆地，有时就在顷刻之间。这一支《倾杯玉芙蓉》写的就是燕王朱棣谋反之后，建文帝朱允炆逃出京城，与追随他的大臣扮作一僧一道，隐姓埋名，辗转千里，一路目睹大臣被杀，内心惨痛至极。曲辞荡气回肠，又充满了无可奈何的味道。

对朱允炆来说，人生可不就是无可奈何吗？天地间，其他的角色有很多，皇帝却只有一个。叹只叹，他经验太少，错用了书生。叹只叹，朱元璋精明一世，糊涂一时，翦灭功臣，定下了“藩王戍边”之策；他只相信自己的儿子，却不料藩王势大，朱允炆无力弹压，削藩不成反失了皇位。

从被选定为皇位继承人的那一刻开始，朱允炆注定要面对这场无比惨烈的决斗，赌注就是江山社稷、皇位尊荣。从失败的那一刻开始，他是生是死，已经不再重要。

“靖难之变”这场宗室之战历时四年，朱棣成功夺权，登上了皇位，改年号为“永乐”。攻破南京城后，朱允炆下落不明。有说是葬身火海，有说是隐姓埋名逃遁而去。有传言称日后朱棣派郑和六下西洋，其中一个重要的秘密使命就是寻访朱允炆的下落。

建文帝朱允炆的时代结束了，而大明的远航才刚刚开始。没有人可以断言朱允炆不如朱棣。可是，胜负已分，失败者注定要离场。站在南京明故宫遗址前，仿佛是在看紫禁城的前身。瓦砾堆中，夜风如诉，有历史的余音绕梁。

一个时代的断简残章，未尝不可看作另一个时代辉煌的序曲。在遥远的北方，新的宫城正在崛起，并将伴随明清两代帝王数百年。

我之所以说了这段前史，是为了说明朱棣夺位之后迁都北京、肇建紫禁城的因由。

作为一个篡位者，朱棣免不了要承受名不正、言不顺的指责。他不想生活在朱元璋的阴影下，更不想随时随地提醒天下臣民不忘旧主。初步稳定了统治之后，迁都、肇建新的皇城就成了势在必行的大事。

其实，朱元璋当年也并不是没有考虑将其他地方作为都城，他最看中的是陕西西安，其次是元朝旧都燕京。阻碍他选择这两座城市的最大原因是新王朝的财政问题。

从当时的实际情况看，选择南京作为都城是最经济的。可惜南京地势不平坦，填湖之上所建的皇宫建成后不久就地基下陷，呈南高北低的态势，这令朱元璋大为苦恼但又不好发作（因为地址是他定的）。晚年朱元璋萌生了迁都西安的想法，曾令朱标去勘探，终因力不从心作罢。

公元 1368 年，元朝的最后一位君主元顺帝放弃了都城燕京，率众退往漠北。士气高昂的明军几乎是兵不血刃地占领了元大都。已在南京建都的朱元璋下令将燕京改名为北平府，几年后，将此地分封给了他的第四个儿子朱棣。

毫无疑问，朱棣对自己的龙兴之地北平比南京更有感情。永乐元年（1403 年），甫登帝位的朱棣就将北平府升为北京。起初的数年，朱棣以南京作为首都，但经常北上巡视，令太子在南京监国。他在北京期间，以燕王府，也就是昔日元朝的旧宫为宫室。朱棣在位的二十二年中，多次北征蒙古余部，都是从北京出发的。

北京虽不及烟雨江南的风流妩媚，但朱棣就是钟爱燕赵之地的慷慨豪壮。南京作为七大古都之一，与汉文化休戚相关，患难相共，但在南京建都的朝代国祚都不长。此说虽有迷信之嫌，却有一定道理。南京有长江天堑，南方也早已是全国的经济重心，但这些地理优势与远在千里之外的蒙元残部的威胁相较，都变成了劣势。

永乐四年（1406 年），朱棣与近臣密议迁都，着手营建新城。但直到永乐十四年（1416 年），北京紫禁城的营建仍处于准备阶段。这一年朱棣召集群臣，再次郑重商讨营建北京紫禁城之事，群臣一致赞同。获得支持后朱棣心中大定，工程以极快的速度进行，次年十一月，奉天殿、乾清宫就落成了。到永乐十八年（1420 年），全部工程均已告成。

永乐十九年（1421 年）正月，南京降为留都，明王朝迁都北京。虽迁都已成事实，但此时的北京仍被称为“行在”。迁都之事非同小可，本就容易招来反对。朱棣以藩王夺位，就更少了一层名正言顺的底气。加之紫禁城的三大殿奉天殿、谨身殿、华盖殿建成仅八个月后即遭火灾，朱棣认为这是上天降罪谴责于他，内心犹疑不定，更不敢明诏宣告迁都。直到朱棣去世，也没有下达正式迁都的诏令。

朱棣的儿子明仁宗朱高炽即位后，一度试图迁回南京，只是当时南京连续发生了几次地震，阻碍了朱高炽的计划。仁宗、宣宗两朝依旧称北京为“行在”，被烧毁的三大殿也一直没有修复。直到朱棣的重孙——明英宗朱祁镇登极六年后，重建的三大殿才再次矗立在紫禁城的前朝。朱祁镇诏令，定北京为京师，免去“行在”之名。至此，北京才正式成为明朝的首都。

历史不能假设，但从后来的结果看，迁都的决策无疑是正确的。以明朝立国之初的北方边患，以蒙古诸部的战斗力，如果政治军事重心放在南京，明朝的北境将永无宁日。

当年，朱元璋没有把皇位传给朱棣，朱棣选择用自己的方式得到这一切。他战胜了无数对手，包括他自己。哪怕中途迷茫、胆怯，哪怕过程曲折、凶险，哪怕付出的代价是终身的孤独和警惕，他一样不悔当初。毕竟对朱棣而言，君临天下、江山在握才是他此生最大的梦想。

朱棣既是篡位者，也是继往开来的开拓者。他秉持的理念是“天子守国门，君王死社稷”。作为戎马一生的君王，他坚信，自家的天下自己当仁不让要守好。以不义取天下，以义守天下。他将向父亲，向后代，向天下人证明，他才是那个时代最适合主宰天下、君临万邦的人。

朱棣自己因反抗“削藩”起家，一旦坐上皇位，却坚定不移地继续奉行“削藩”政策。有意思的是，朱允炆未竟的事业竟然在朱棣手中完成了，这也算历史的反讽。可见，“削藩”的成败关键不在于口号、立场，而在于实力。

## 贰

步入紫禁城，那连绵不绝的红黄二色，在落日的掩映下显得辉煌苍凉。华丽、广袤、岑寂的紫禁城，自建成以来便遗世独立，又仿佛浩瀚宇宙，无边无际。过往数百年，无数人身陷于此，跋涉其中，争名夺利，劳碌奔忙。

陈寅恪有言：“读史早知今日事，对花还忆去年人。”可是，面对着像命运一样残酷、辽远、无解的紫禁城，前人的命运无法提供行之有效的借鉴，理智和感情一样廉价无用。顷刻间翻云覆雨，风云变色。谁是主，谁为客？输赢，得失，谁又说得分明？

有情的人，无情的人，最终都成了面目相似的人。连笑到最后的人，都是满心伤痕，一生孤独，算不得赢家。

苍穹之下，众生沉浮；悲喜交集，沧桑变幻；人世得失，如何量算？对于命运的裹挟，我无法给出深刻的评价。

我清浅的笔触始终无法触及它的底蕴。这座孤城，这座华丽的孤岛，对我而言，始终是个难以参透、难以忘怀的旧梦。

记忆该从何处开始?

生命有着不同的形态。新的枝丫长出，老的枝丫死去，遵循着所有生命亘古不变的规律，辞旧迎新。

紫禁城的历史似乎可以从任何一处开始。

在紫禁城里，有这样一处地方，它是一个男人留给自己的私属花园——宁寿宫花园。尽管它尚未全部开放，但我知晓它的来历，每次走到这里，我都会想起这位历史上为数不多的福寿双全的皇帝——爱新觉罗·弘历。

从秦始皇算起，中国历史上有几百位皇帝，能够荣升太上皇并安然终老的寥寥。历史上第一位享有“太上皇”尊号的是秦始皇的父亲秦庄襄王，但他是死后才被追封的。因此，从汉高祖刘邦奉自己的父亲刘太公为太上皇算起，到乾隆帝弘历止，活着成为太上皇的，满打满算不过十余位。

作为太平天子，乾隆帝宣称在位的时间不能超过其祖父康熙帝的六十一年，故而在当政满六十年时（1795 年）将皇位传给了第十五子颙琰，是为嘉庆帝。

他为自己归政养老后所规划营建的宁寿宫区，从乾隆三十六年（1771 年）就开始在紫禁城的东北角兴建，到乾隆四十一年（1776 年）完工，历时五年，这是紫禁城内唯一一座太上皇居所。

宁寿宫区亦分前朝、后寝两部分。前朝以皇极殿为重心，前有皇极门和宁寿门，仿乾清宫的规制；后有宁寿宫，仿坤宁宫的规制。后寝区分为东、中、西三路，俨然一个微缩版的紫禁城。

最为人称道的是位于宁寿宫区西北角的宁寿宫花园。乾隆帝因喜欢外西路的建福宫花园，希望归政之后依然生活在那样的环境中，特在外东路修建了宁寿宫花园。宁寿宫花园的营建水平超过了之前所建的建福宫花园，是公认的内廷园林精品。

宁寿宫花园共有四个院落，布局精巧华美。衣食住行，怡情养性，考虑周详。园中建筑的题名，如“倦勤斋”“符望阁”“遂初堂”“颐和轩”等，无不体现了乾隆帝颐养天年、心满意足的姿态。

事实上，乾隆帝是既要安享富贵，又要大权在握的典型。

但是，宁寿宫落成之后，乾隆帝一天也没住过，只是偶尔来此游憩赋诗。反倒是慈禧太后要学乾隆帝，在光绪帝亲政后曾居此多时，六十寿辰亦是在此度过。

乾隆帝二十五岁即位，到乾隆六十年（1795年）时，已经八十五岁的他依然精力旺盛，习惯了权力，归政之后依然以“训政”的名义把持朝政，牢牢盘踞着养心殿。嘉庆帝只能居于毓庆宫，掌管一些祭祀、典礼等礼仪上的事，谨慎乖巧、端庄懂事地做了三年“儿皇帝”，直到乾隆帝驾鹤西去，绞杀了和珅，才真正掌握实权。

我想，在乾隆帝心中，这一定是他一生中做过的最如意的事情之一，也是按照他的设想发展得最完美的结局——选择一位合格的继承人，严格地培养他，然后，在和平稳定的大前提下实现皇权的平稳过渡，在太和殿禅位。

多么漂亮！

他晚年时诸位叔叔的钩心斗角还历历在目，他的祖父康熙帝一世英明，却差点儿栽在这群如狼似虎的儿子们手里。只有他水到渠成、风平浪静、众望所归地完成了这件事。追古抚今，无人能及；十全武功，至此圆满。他一定觉得，从此以后，他既是人间的圣明帝王，也是德配天地的圣贤。

还有一件让乾隆帝颇为得意的事，就是主持编纂了《四库全书》。《四库全书》成书后，又建了七座藏书阁藏之。《四库全书》证明了清王朝已经占据文化上的统治地位。无论是顺民，还是遗民，只要是知识分子，内心深处都无法抗拒这一旷古绝今、超越前人的文化盛世。在朝的士人如纪昀，在野的士人如戴震，皆是如此。

《四库全书》全称《钦定四库全书》，是在乾隆帝的主持下，由纪昀等三百六十多位高官、学者编撰，三千八百多人抄写，耗时十年编成的丛书，分经、史、子、集四部，故名四库。共收有三千五百多种书，七万九千余卷，装订成三万六千册，约九亿九千七百万字，基本上囊括了中国古代所有图书，故称“全书”。

当年，乾隆帝命人手抄了七部，分藏于全国各地。将其中先抄好的四部分贮于紫禁城的文渊阁、圆明园的文源阁、辽宁沈阳的文溯阁、河北承德的文津阁珍藏，这就是所谓的“北四阁”；将后抄好的三部分贮于扬州的文汇阁、镇江的文宗阁和杭州的文澜阁珍藏，这就是所谓的“南三阁”。“南三阁”的三套藏本允许天下士子借阅。

从明崇祯十七年（1644年）到清乾隆朝，时光已经流水般过去了百余年，这足以淡化汉族文人的怨怼及其所谓的国仇家恨。在经历了四代君王软硬兼施的驯化后，骨头再硬、执念再深的文人也必须承认，除了民族不同，来自关外的“异族”统治者，比明朝的皇帝更懂得民心向背，亦更励精图治。

康熙帝有耐心等待天下士人的诚心顺服；雍正帝用铁腕手段，亦不乏苦口婆心的劝服；乾隆帝更有底气，他知道如何用软刀子挑去士人的犟筋。

即使后来的有识之士指出，开办“四库馆”、编纂《四库全书》是另一种形式的文化专制，是“焚书坑儒”的翻版，对文化的洗劫和伤害远大于它的成就，但也不得不承认乾隆帝的统治手段之高明。

当然，热衷享受的乾隆帝绝不只做一些彰显盛世、招抚人心、宣传文化的工程；越到晚年，他要的越是货真价实的享受。

也难怪，经过了雍正朝的开源节流、持家有道，再加上和珅这位敛财小能手的帮忙，以及各地官员争先恐后的孝敬，大权（钱）在握的乾隆帝也效仿皇爷爷康熙帝六下江南，只是乾隆帝巡幸起来比皇爷爷要铺张奢靡得多，不仅在各地大肆修建行宫，更处处寻访名园胜景。圆明园中的安澜园、狮子林、曲院风荷，清漪园中的惠山园，玉泉山静明园中的竹炉山房等，都是他巡幸回京之后令人仿照江南名园所建。

清代的皇家园林规模、数量都远远大过明朝。禁内有御花园、慈宁宫花园、建福宫花园和宁寿宫花园。与紫禁城毗邻的还有西苑。在京城西郊、海淀西山一带辽、金行宫别墅的基础上，清帝兴建起以圆明园为中心的宫苑，包括圆明园、畅春园、万寿山清漪园（慈禧尤爱之，多次扩建，改称颐和园）、玉泉山静明园和香山静宜园，合称“三山五园”。当年那一带举目所见的美景，尽为皇家所有。

清朝的皇帝对京西诸园感情很深，直至晚清同治年间，同治帝还曾起意要重修被英法联军焚毁的圆明园。而甲午海战的失败，亦与慈禧挪用海军军费修建颐和园导致军费空虚有关。

从康熙帝到咸丰帝，皇家园林已成为皇帝日常生活和实际处理政务的地方。每年的隆冬季节，帝、后暖居宫中，等正月举行过庆贺、祭祀等典礼后，便赴京西诸园。除却必要的典礼、祭祀需回宫之外，皆长居园中。

# 叁

与乾隆帝退位之后的养尊处优相比，因“土木之变”而失去帝位的明英宗朱祁镇被尊为太上皇后却际遇凄惨，比普通的囚徒都不如。而朱祁镇之所以落到如此境地，追根溯源，还要从一场莫名其妙的战争及明朝与蒙古的积怨谈起。

永乐年间太子之位的争夺惊心动魄，完全可以当成教科书来看，精彩绝不逊于康熙末年的“九子夺嫡”。朱高炽体形肥胖，身有残疾，却生性仁厚。朱高煦相貌英俊，能力出众，精于权谋，一心想取而代之。

当时朝野之中，文臣支持朱高炽，武将偏向朱高煦，两派斗得难分难解。朱棣感情上更倾向朱高煦，对朱高炽有诸多不满，只是碍于朱高炽是长子，又是徐皇后所生，所以他的太子之位顺理成章。

也难怪，朱高炽二十几岁就变得体态臃肿，发福之后不仅不能骑马射箭，连快步走路都很艰难。每当朱棣诏令儿子们演示骑射，朱高炽都狼狈不堪。而朱高煦英俊矫健，性格也更接近朱棣，朱棣自然对其偏爱有加。

幸亏朱高炽有一个明敏贤淑的妻子，还有一个资质尚佳的儿子，两人深得朱棣及徐皇后的欢心，这对保住朱高炽的太子之位起了重要作用。朱高煦虽用尽心机，一度使朱高炽党大受打击，但最终因其得意忘形、过于跋扈而失宠失势。朱棣经过长期的思想斗争，最终还是选择立朱高炽为皇太子。

每次走到文华殿前，都会不由自主地升起一股浓重的怜悯。古来太子不易做，做好了容易招忌，做不好容易招骂。若再摊上强势父亲和虎狼兄弟，想善终都难。说是国之储君，实则是有名无实的活靶子。父亲不放心你，兄弟惦记着你，大臣们审时度势应酬着你。朱高炽做了二十多年的太子，地位几度岌岌可危。他谨言慎行，忍辱负重，好容易熬到父亲驾鹤西游，登上皇位，但不到一年就猝死于钦安殿。

明仁宗朱高炽是明史上少有的仁厚之君。他不负黎民，不负那些支持他的贤臣们的厚望，不负“仁宗”庙号，史载“在位一载，用人行政，善不胜书”。可惜他在位仅十个月。他死后留下遗诏：“朕既临御日浅，恩泽未浃于民，不忍复有重劳，山陵制度务从俭约。”他的儿子朱瞻基谨遵父命，他的献陵确实是明十三陵中最简朴的一座。

朱高炽的死因应该比较确切，应属心脑血管疾病的突然发作。导火索据说是大臣李时勉的谏章。朱高炽被李时勉奏章中的尖锐措辞气到发病，很快就去世了。

明朝大臣的谏功也相当厉害，舆论监督意识超强。动辄弹劾，大事小事都要上来指点两句。在明朝做官，不管级别大小，你不被弹劾或者不弹劾别人，那简直就跟没入仕一样，只会让人瞧不起。

想想明朝皇帝亦是可怜，经常被大臣的嘴炮打得灰头土脸，无力招架。强横如嘉靖帝，怠政如万历帝，都曾被谏章气得死去活来。皇帝骂他没用，打他也没用，杀他反是求之不得，巴不得皇帝成全他忠臣的名声。所以，在明朝做皇帝非常考验心理素质。

朱高炽死后，他的儿子朱瞻基继位。明宣宗朱瞻基自幼被祖父寄予厚望，其父朱高炽能保住太子地位，很大程度上源于朱棣对这位皇太孙的器重和喜爱。朱瞻基继位之后，继承父志，种种作为的确是一位值得称道的好皇帝。（虽爱斗蟋蟀，也不算什么过分的爱好吧。）

由太祖开国到成祖守业，再到“仁宣之治”，历时六十年，明朝终于达到前期的鼎盛时期。“吏称其职，政得其平，纲纪修明，仓庾充羡，闾阎乐业，岁不能灾”，史家将其比之周朝的“成康之治”和西汉的“文景之治”。朱高炽、朱瞻基父子治国安民，励精图治，实在功不可没。

朱瞻基即位之后，他的叔叔朱高煦谋逆之心不死。但这种事，要么就是大权在握，趁其不备；要么就要民心所向，誓死追随。朱高煦什么都不占，还搞得大张旗鼓，兴高采烈。好歹也是跟父亲闹过“靖难之变”的人哪！怎么能只长岁数不长脑子？二十八岁的朱瞻基闻变立即亲征，他对局势判断精准，不费吹灰之力就降服了朱高煦。之后，朱瞻基将朱高煦锁在大内的“逍遥城”里。所谓的“逍遥城”，就是太和门广场西侧右顺门西南，一个沿墙搭成的牢笼。（名副其实的阶下囚啊。）

某天，朱瞻基散步到“逍遥城”，顺便来看看已成阶下囚的叔父。朱高煦不改莽夫秉性，趁朱瞻基不备，突然伸出一只脚将他勾倒，然后哈哈大笑。朱瞻基惊怒之下，令锦衣卫把铜缸抬过来，将朱高煦扣在下面。朱高煦被扣之后犹不服输，将三百斤的铜缸顶起来，表示对侄子的蔑视。朱瞻基怒不可遏，命人拿来木炭堆成小山，朱高煦就这样被活活烤死在铜缸中。

## 肆

明朝建立之后，一路向北远征，元朝残部硬是被打回草原，龟缩在大漠深处。自明朝开国以来，双方经历了无数次战争。昔日强盛的蒙元帝国一分为二：蒙古本部鞑靼占据着蒙古高原，由成吉思汗的直系后裔（黄金家族）统治，属于蒙古正统；瓦剌，占据着蒙古西部，又称作西蒙古，明初首领猛哥帖木儿死后，瓦剌由马哈木统领。

明朝初年，蒙古悍将纳哈出被蓝玉等人击败，被迫投降。大兴安岭以东的蒙古诸部被收编为朵颜、泰宁、福余三卫，归宁王朱权管辖。明朝将三卫统称为“朵颜三卫”或“兀良哈三卫”，将朵颜、泰宁和福余三卫的驻地统称为“兀良哈地区”。

“朵颜三卫”长期盘踞着辽东一带，向明朝朝贡，听从明朝的指挥，在后来的“靖难之变”中立下大功。这支外聘雇佣的蒙古骑兵战斗力极强，成为朱棣的精锐部队，朱棣对其进行封赏，允许他们与明朝互通贸易。

无论是战是降，蒙古人好战善掠的天性不变，对明朝的威胁始终存在。鞑靼衰落之后，瓦剌趁势崛起。强悍无比的朱棣亲率大军，远征瓦剌，一战打出数十年的和平。

转眼到了明正统十四年（1449年）。那一年，战端再起。

朱瞻基的儿子朱祁镇在太监王振的怂恿下，亲征瓦剌。

当时的情况是，一头精明善战的猛虎、一个力图光复元帝国的枭雄，遇见一个少不更事的文弱皇帝和一个突发奇想、以战炫耀的蠢太监，这一战的结局可想而知。悲剧从开始早已注定，只是可怜了那些无辜陪葬的亡魂。

作为朱祁镇的亲信太监，王振一心想着建功立业，衣锦还乡，于是怂恿朱祁镇亲征。由于王振令人发指的愚蠢和无知，加上坚持不懈地犯错，二十万（号称五十万）明军全军覆没，随同出征的五十余位大臣悉数战死，朱祁镇也被瓦剌俘虏，史称“土木之变”。大明朝文臣武将精锐损失殆尽，明朝开国以来数朝的积累毁于一旦。这场惨败影响深远，历史学家甚至将其看作明朝由盛转衰的分水岭。

虽然朱元璋曾颁下严旨，立下太监不得干政的规矩，却事与愿违。为了平衡皇权与相权，皇帝不得不借重身边最亲近的群体——宦官。从洪武年间开始，就有一些宦官在宫外执行任务。到了永乐年间，因“靖难之变”，皇帝与宦官之间的联系加深，宦官的任用较前朝更加普遍。到了宣德元年（1426年），明宣宗朱瞻基还在内府设置内书堂，教授太监读书识字。此举的初衷是，因为政务实在过于繁重，皇帝毕竟精力有限，并非个个是朱元璋一样的劳模，需要宦官来当帮手——“批红”。

不过，在王振之前，明朝在位的皇帝普遍精明能干，政治经验丰富，宦官“犯法辄置极典”，并未形成宦官专权的局面。由此可见，宦官势力的壮大，跟皇帝自身的怠政、放权有很大关系。

到了正统年间，初期由于太皇太后张氏的威吓挟制，历仕四朝的“三杨”在朝辅政，王振尚不敢轻举妄动。随着太皇太后去世，“三杨”年老体衰相继离职去任，王振“狡黠得帝欢”，深得朱祁镇宠幸，渐渐大权独揽。

可以说，王振是个开创历史的人物。他开创了明朝太监干政专权的局面，一手造成了“土木之变”。抛开国家荣辱不论，单就葬送的二十万人命，他已万死不足以赎其罪。

这世上懂得奇货可居的不只有吕不韦，明英宗朱祁镇遇上的蒙古人同样深谙此道，他们认为留着朱祁镇比杀死他更有价值。

说起来，二十刚出头的朱祁镇虽然受小人蛊惑，犯下不可挽回的大错，但他并不是个窝囊废。他被俘之后气度从容、镇定自若。奇妙而独特的个人魅力，让他在当俘虏的日子里，也没有受到非人的侮辱。

朱祁镇的性命暂时保住了，可彼时的大明朝不啻天塌地陷。一个太监策划的一场莽撞的亲征，让老祖宗攒下的家底没了大半，皇帝还被俘虏了。亡国的阴影真实地笼罩在众人头上，朝臣们心慌意乱。

人心惶惶的关键时刻，时任兵部侍郎的于谦挺身而出，力排众议，扶大厦之将倾，救国家于危难。于谦不是匹夫之勇，历史证明，他不仅有这样的志向，也有这样的能力。从某种程度上说，在那个特殊时期，是于谦挽救了大明的国运，堪称国士无双。

国不可一日无君。为免受制于人，绝了瓦剌以朱祁镇为人质要挟大明之念，于谦和众大臣迎立郕王朱祁钰为帝，改年号为“景泰”，是为代宗。与此同时，二十三岁的朱祁镇“荣升”太上皇。

瓦剌傻眼了！蒙古人想不通，皇帝也可以过期作废？本来还打着长期敲诈勒索的主意呢。

## 伍

城外，蒙古铁骑掠城，剑锋所指，意在帝都。

城内，百姓官员众志成城，拼死一战，保家卫国。

血战之后，京城守住了！瓦剌首领也先无奈求和。一年之后，“太上皇”朱祁镇被放回。没有百官相迎，没有百姓跪拜，没有卤簿，没有仪仗，只有两匹马，一顶素轿。迎接朱祁镇的场面，无比冷清。

在全军覆没、被瓦剌俘虏的时刻，朱祁镇以为是绝境；在被瓦剌挟持叩关，流离于烽烟战火的时候，他以为是绝境；在被明朝放弃，吞风咽沙于塞外的时候，他以为是绝境。孰料，等他回到北京，回到紫禁城，才是真正地身陷绝境。朱祁镇悲哀地发现，命运对他的调戏和给予他的考验远未结束。

他从未放弃过归国的信念。时隔一年，仅仅一年，再见紫禁城，再进紫禁城，心境际遇已天差地别。去时，他是掌上明珠，一国之君；归来，他已分文不值，成为天底下最多余的人。这种身份和心境的落差，足以摧毁任何一个人。

别无选择，朱祁镇只能默默接受这种变化。因为，这一切的变故都是他自己一手造成的。除了接受和忍耐，他不能做任何事。也没有人来告诉他，这种绝望的煎熬会持续到何时。

“太上皇”的回归是令人尴尬和不安的。当年“代理监国”的郕王现在成了代宗。这个“代”字无时无刻不在提醒他，天无二日，国无二君。朱祁钰对朱祁镇的归来抱有极大的戒心和敌意。

对不起！我无意交还帝位。

面对王位的诱惑，古时有兄弟贤者相信人格信念高于一切，争相推却不就：不是离家出走，自谋生路，就是结伴隐居，老死不被政治左右。他们神圣高洁的品格可以被奉为传说。可惜现如今大多数人都难以做到，已经尝到皇权滋味的朱祁钰，更难有那样的高风亮节。

何况，他有名正言顺的理由：请问，朱祁镇被俘之后的烂摊子是谁收拾的？凭什么这个闯了滔天大祸的人回来还能接着做皇帝？留他一命就已经仁至义尽了！肯接他回来，已经很念兄弟之情了！不是吗，南宋高宗赵构可曾想过接他的父兄回来？

设身处地想想，朱祁钰有这样的想法无可厚非！皇位不是可以分的家产，兄弟之间好商量。它有排他性，没有商量的余地。

朱祁钰认为朱祁镇的存在始终是个威胁，便将其软禁在紫禁城东南角（今南河沿、南池子一带）的洪庆宫（南宫）。这是名副其实的冷宫，一个太上皇住的冷宫！

朱祁镇的食物从一个小洞送入，还时常被克扣。朱祁镇的妻子钱皇后不得不像民妇一样靠做些针线女红，托人换一些生活用品补贴生计。钱皇后是贤德、忠贞的女子，紫禁城里矫矫不群的异数。她对朱祁镇的感情令人感怀唏嘘。在等待朱祁镇回来的日子里，她日夜忧念，哭瞎了一只眼睛。朱祁镇回来之后，她陪着他幽居于南宫。

宫闱之中从来不缺心机、诡诈、纷争、背叛，这种戏码数百年来循环上演，看得人麻木心凉。然而，不是每个女子都会为权欲所迷、所困。如钱皇后这样的女人就用她的坚贞证明：这世上一定有一种人，有一种感情，是无惧患难，无惧分离，无惧名位和际遇变化的。

## 陆

朱祁镇被幽囚于此，长达七年之久。这所寄托了他童年回忆的宫苑，此时成为他的梦魇之所。

记忆半睁半闭着眼睛，中间隔着漫长的分离和纷杂的世事。独自度过太多时光，沉默和隐忍已成为一种习惯。他是大明的弃子、蒙古人的俘虏，在两个世界里，他都是无处容身的尴尬人。

紧接着，景泰年间发生了“金刀案”，朱祁镇险被牵连。虽然后来侥幸脱身，也足以令他心胆俱寒。为防有人跟他联系，南宫的门锁被灌上铅水。朱祁钰命人将南宫的树全部伐光，周围还加派了锦衣卫看守。

人为刀俎，我为鱼肉。现实太过破碎，他已经甚少有梦。

那个温情脉脉、万人拥戴的时代一去不返。

景泰三年（1452 年）五月，朱祁钰废朱祁镇之子太子朱见深为沂王，册立自己的儿子朱见济为太子，废黜反对易储的汪皇后，册立朱见济之母杭氏为皇后。唯有如此，他才能安心地坐在皇位上。

景泰四年（1453 年），朱见济夭折，谥号“怀献太子”。朱祁钰再无其他的儿子，大臣上书请求复立朱见深为太子，被朱祁钰以自己尚在壮年为由拒绝。

身处南宫的朱祁镇对外界发生的一切无能为力。他尝尽了人情冷暖，世态炎凉。目睹曾经亲密无间的弟弟，为了牢牢掌握权力，无所不用其极地对付他，比俘虏他的瓦剌人还狠。除了承受，他还能说什么？

经过多年的磨砺，朱祁镇已经清醒地认识到，皇权斗争的残酷在于，只有失败者，没有弃权者。他孤注一掷，带着近乎绝望的坚决，抑或他命中还有转机。七年之后的景泰八年（1457 年），朱祁钰病重，“太上皇”朱祁镇在文臣徐有贞，武将石亨、张軏，宦官曹吉祥等人的帮助下，发动宫廷政变，重登帝位，改年号为“天顺”，再次册封儿子朱见深为太子——史称“夺门之变”。

据说，在内廷的朱祁钰听闻“夺门之变”后，含笑只道：

“好！好！好！”

是否他也释然了？我做了我应该做的事，你也做了你应该做的事。天道好还，咱俩谁也不欠谁了。谁也怪不得谁，要叹，只能叹一句，奈何生在帝王家。兄弟相争，刀兵相见，情意灭绝，是我们注定的命运。投生紫禁城的那一刻，我们的人生已被绞杀。

复位之后，朱祁镇将朱祁钰废为郕王，以彼之道还治彼身，将其软禁于南宫。奄奄一息的朱祁钰不久死去，死后按亲王礼下葬于北京金山口藩王墓地。朱祁镇并不承认弟弟的皇帝名位。

之后，作为两朝天子的朱祁镇对曾软禁过自己的小南城进行了重新整修，增建、改建了大量殿宇，使南内成为与大内（紫禁城）、西内（西苑三海）并称的皇宫“三大内”。

朱祁镇在除掉帮助自己复位的一干人后，心力交瘁，于天顺八年（1464 年）驾崩。太子朱见深即位，改年号为“成化”，是为明宪宗。

我想象着，命到终点的朱祁镇，独自一人，抬眼望去，紫禁城矗立在缭绕的雾气中，清晨的宫禁是如此空旷，却有着无形的逼压。它坚韧而缓慢的韵律，没有任何一位贸然闯入者可以体会。除非，你早已与它休戚与共，浸淫在它的节奏中，成了习惯。

朱祁镇自幼成长于此，无比熟悉这里，熟悉它的辉煌和沧桑，熟悉它的荣耀与残酷，熟悉到呼吸都会有血肉相连的痛。他经历了无数患难波折，终于拿回了属于自己的一切。

看似至关重要，可又有什么意义呢？若能看破繁华背后的疮痍，就会知晓，凡拥有的，必将失去。一切的争斗，所有的欲望，只不过是梦中人追梦而已。在位二十二年，他的生命就像角楼余晖，来日无多了。所谓皇图霸业，不过是过眼烟云，只剩旧事沧桑，唏嘘不断。

他这一生，一朝俘虏，七年囚犯；两朝天子，起伏跌宕，堪称传奇。用庸才，杀忠臣，诛奸佞，对错难理清。

他这一生，除了孤独，还是孤独；除了倦累，还是倦累。

或许，在朱祁镇阖目的那一刻，他会明白，这场皇位之争，有输赢，有胜败，有得到，有失去，却没有真正的胜者。

那些真正胜出，留在历史中为人忆念的人，往往不是帝王，而是胸怀天下的勇者、仁者。譬如，有功于世却被冤杀的于谦。

帘外雨潺潺，春意阑珊。罗衾不耐五更寒。
梦里不知身是客，一晌贪欢。
独自莫凭栏，无限江山，别时容易见时难。
流水落花春去也，天上人间。

——李煜《浪淘沙》

# 第二品

○

# 涟漪

**冷宫**

用于安置失宠嫔妃、皇子的居所。
在紫禁城中并无固定地方，
一般是内廷某处僻静荒芜的宫苑。

**纪氏**

纪妃的逝去，在明宪宗朱见深心中或许激起了些许涟漪，但很快就归于平静。他只在乎自己是否后继有人。

那些为他生育了子女的嫔妃，在他心中俱如草芥。

# 壹

初初。

她，不过是前朝孙太后身边的掌衣宫女，本为罪臣之女，四岁入宫，到十九岁还是一名普通宫女。

而他，亦不过是个被废的皇太子，年纪稚幼，父王被宦官怂恿，御驾亲征，在对蒙古人的战争中被俘虏；叔父在位时，他便成了这禁宫冷苑里受人欺凌的小囚犯。

十九岁的她，还不是日后心机深沉的模样，孙太后也是喜她素来聪明机警、处事周全，才派她来照应这孤苦无依的小皇孙。

当十九岁的她牵起两岁孩童柔软的小手，从此衣食住行，处处护他周全。那时刻入对方眼底的眸光，是这寒寂深宫里为数不多的温暖和信任。

我相信那时的万贞儿还没有心机预见到将来会发生“南宫之变”，英宗会复位，更不知这被自己呵护照料的小孩儿朱见深有朝一日会成为大明朝的天子。而她一生的运命早已与怀中这小小幼童休戚相关，他日，会因他的尊荣而柳暗花明。

彼时，她待他的好，是责任，却不是义务。这后宫之中趋炎附势的人太多，她大可以阳奉阴违。可她没有这么做，她尽己所能地照顾他。那时节，她待他的好，是全无功利的。

一度，明代宗废明英宗之子朱见深为沂王，立自己的儿子朱见济为太子。朱见深迁出东宫，幽居别处，周遭都是代宗的耳目，死亡的威胁如影随形。在这样的绝境里，多少人对朱见深冷眼相待，横加欺凌，避之唯恐不及，只有万贞儿不离不弃地守着他。

景泰年间的患难岁月里，不知多少次，在朱见深脆弱无助的时候，她总是及时出现在他面前，替他化解灾厄。她是他的玩伴、姐姐、守护神。不知从何时起，在朱见深的心里，对万贞儿的感情渐渐有了爱情的意味。

这少艾女子，是他阴暗童年的一抹艳阳。她带给他的感觉太美好，终此一生，他宁愿执着地认定，她是一个洁如冰雪、皎如月光、心地纯善的女子。

她也确实曾经是。

日复一日走过天街、永巷，这紫禁城大得仿佛没有边际，却只是枯燥地重复。这红墙黄瓦的宫苑，住着如此多的如花美眷，在白雪寒鸦中度尽了流年。华美的宫阙，没有一座是万贞儿的安身之所。

“白头宫女在，闲坐说玄宗。”那些女子经历过荣华，见证过恩爱，还有闲话先朝韵事的资本。而她的青春，仿佛还没有来得及开始，就倏忽不见了。没有人比宫女万贞儿更能感受这满目繁华背后的凄清。

天顺八年（1464 年），英宗薨逝，太子朱见深即位，是为明宪宗，改年号为“成化”。

朱见深即位之后的第一件事，就是要册立万贞儿为后。这是他给予她的许诺，亦是他内心真正的愿望。老朱家的孩子多半不痴情，一旦痴情起来又执拗得要命。在对待万贞儿的态度上，性格优柔的他充分运用了帝王的权威，捍卫自己的感情。纵使普天下的人都不理解他为何迷恋一个大自己十七岁的女人，他依然要给她尊荣。

最终在满朝文武和生母周太后的强烈反对下，朱见深被迫退让，立英宗生前所选的淑女吴氏为后，作为交换条件，万贞儿被立为贵妃。

明朝的历史上，再难见这样一步登天的例子，由宫女晋升为贵妃，独霸后宫，长宠不衰。

明朝宫女数量巨大且身份寒微。宫女在宫中除了被各宫主子差遣做各种苦役，亦常受到太监的欺凌，被赐对食（与太监结为挂名夫妻），苦不堪言。一旦犯错，所遭受的惩罚亦十分残酷，常有宫女因此而丧命。

按规定，入宫之后普通宫女终身不得出宫，年老的宫女则被禁锢于浣衣局。为防宫人泄露宫中之事，严禁宫外之人为宫女传递物品或书信，犯禁即以死罪论处。更残酷的是，“宫嫔以下有疾，医者不得入，以证取药”。换言之，就是宫女得病也得不到合理的救治，生死各凭天命。

除备受凌辱，朝不保夕外，还要殉葬。明朝皇帝死后，宫女被迫殉葬者不计其数。惨无人道的殉葬之风直到明英宗时才得到遏制。

我觉得，万贞儿是有资格获得这样的地位和待遇的，再没有人对朱见深付出的感情和心力比她多。她与那些在朱见深成了皇帝之后来到他身边的女子不同，她用最好的年华陪伴他，护卫他成长，亦不介意他们之间的亲密随时随地会连累自己送掉性命。

我历来不把朱见深对万贞儿的感情看作是畸恋，相反，甚为感慨它的难得。人世间多的是富易友、贵易妻的例子，帝王的宠爱更是不可凭持。宫闱之间，恩断义绝的往事成例不胜枚举，可他偏偏死心塌地地爱了她一生。

## 贰

万贞儿在历史上的风评并不好，关于她的记载也前后矛盾。史书上有说她“貌雄声巨，类男子”；亦有人说她“身形丰腴，擅媚术”，虽近中年却依旧风姿绰约，为当时后宫那些青涩佳人所不及。

鉴于文人笔下一贯刻薄夸张、有失公允，两者之间，我更倾向于后者。在芸芸佳人之中，徐娘半老的万贞儿纵使称不上绝色佳人，亦绝对有让朱见深迷恋之处。

史载：“帝每游幸，妃戎服前驱。”可知朱见深每次出游巡幸，万贞儿必戎装侍立，英姿飒爽，颇得朱见深欢心，一如往昔。更何况，万贞儿自幼在宫闱间历练打磨，兼对朱见深性格了如指掌，绝非那些初入宫廷的女子可比。

初时，朱见深遵父命所立的皇后吴氏执掌后宫，不明利害，因小事责打了万贞儿，册立不足一月，即被盛怒的朱见深所废，弃置于安乐堂。此后，再无人敢挑战万氏在皇帝心中的地位。

继立的皇后王氏审时度势，索性万事不管，与世无争。万氏遂威行后宫，无人挟制，乃至于宦官、外臣无不谄结于万氏。

成化一朝宦官势力扩张，以采办之名大肆搜刮民脂民膏；外朝庸碌之辈把持朝政，人称“纸糊三阁老，泥塑六尚书”。这些人沆瀣一气，排挤贤良，败坏纲纪。外戚乱政，宦官专权，朝事日非，国势日下，这些无不与万贵妃权势遮天相关。

朱见深即位之初已开始“传奉官”，即不经吏部，不经选拔、廷推和部议等选官过程，由皇帝直接任命官员。许多奸佞小人因此得以晋身，此举历来为后世史家所诟病。后期朱见深更是崇佛信道，沉迷于神仙方术，以致江湖术士充斥朝堂，直臣难以容身。

成化一朝，为供皇帝和贵妃逸乐，奢靡挥霍、贪腐之弊惊人，“累朝所积七窖金银俱尽”。朱见深得知后勃然大怒，斥责掌管内库的大太监梁芳、韦兴等：“靡费帑藏，实由汝二人！”“吾不汝瑕，后之人将与汝计矣！”

令人印象颇深的“斗彩鸡缸杯”，即是当时朱见深为博万贵妃欢心，亲自设计式样，特命景德镇御窑工匠烧制的一种小巧玲珑的酒杯，它代表了成化年间彩瓷制品的最高水准，在明神宗万历年间已然价值不菲。

“斗彩鸡缸杯”寓意“小器大祥”，奈何天不从人愿。成化二年（1466 年）正月，已届高龄的万贞儿产下皇子，亦是她此生唯一的儿子。长子诞生，朱见深大喜过望，一面派人祭祀山川，一切以皇太子的礼遇隆重对待；一面晋万贞儿为皇贵妃。只可惜，这个被朱见深和万贞儿寄予厚望的皇儿未满月便夭折了。

此后万贵妃便不再妊娠，她的心态亦发生了剧烈变化。若说从前她只是独霸后宫，拒绝和其他人分享爱人；此后的她更立意斩草除根，以绝后患，在后宫掀起无尽腥风血雨。她大开杀戒，致使宪宗差点儿绝嗣。

是嫉妒也好，是不甘也罢，细说起来都情有可原。但即便他对她的感情深无可深，身为一国之君，肩负着传宗接代的任务，亦须分出雨露给其他女子。

或许，感情让人失望的地方亦在于此。就算朱见深内心深处认定万贞儿是自己此生最爱的女人，无可取代，但他也是“背叛”过她的。

纵览明宪宗的后妃表，会发现朱见深一生见缝插针临幸过的女子实在不在少数。从悼恭太子朱祐极的母妃贤妃柏氏，到明孝宗朱祐樘的母妃纪氏，这些或美貌或聪慧的年轻女子的出现，无不给万贞儿带来极大的忧患。

## 叁

岁月是不饶人的。她出身寒微，自幼入宫，外朝并无得力的亲属可依靠，唯一的儿子又早早夭折。这么多年，若不是她生性机巧，善于应对，能够牢牢把握住皇帝的心，借以建立自己的势力，又及时地死在了皇帝之前，一旦改朝换代，她的下场可想而知。

她对他，不是没有患难真情，只不过到最后都变成了心机诡计，曾经的缠绵只剩孤寂。但我理解万贞儿，与汉朝那位和她行为极其相似的赵合德一样，两人都是控制欲极强的修罗，好战善斗，宁枉勿纵。

不同的是，万贞儿对朱见深有那么多年相依为命的感情做保障，她有资格捍卫自己来之不易的地位。而赵合德对刘骜更多的是恃美固宠，以填欲壑，用倾城之美换一世荣华，说到底，并没有几分真情实意。

成化年间的宫闱之争，致使皇嗣接二连三地夭折，都说是意外，可意外哪有那么多？想必朱见深心中也是有数的。只是，他对万贞儿的爱已远远超越了人情，违背了常理，令他漠视那些为他生儿育女的妃嫔。对朱见深而言，什么都不比这个陪伴他半世的女人重要。

但不知从什么时候开始，她不再是他世界的全部。

乾坤颠倒。

颠倒乾坤。

从幼年起，他最眷恋的人是她，最信任的人也是她。如今，哪怕她芳华不再，哪怕她是众人眼中的悍妇、妒妇，哪怕他心知肚明她做下的恶事，也还是想要找到理由原谅她。

朱见深放纵万贞儿的一切作为，任她为所欲为。又或者，在朱见深想来，这个女人一生都是忠于自己的，她没有了儿子，将来也难有所企图，就算她现在做得有些过分，又能过分到什么程度呢？就当是宠她，补偿她吧。

至于万贞儿之外的其他人，他就不见得那么放心了。明代历史上除“东厂”之外另一臭名昭著的特务机关——“西厂”出现了，继大太监王振之后另一位赫赫有名的大太监——汪直出现了。

汪直本是侍奉万贵妃的一名太监，“初给事万贵妃于昭德宫”，因为人精明狡黠，颇得万贵妃的欢心，由此也被宪宗信任和喜欢。汪直成为“西厂”提督，专职刺探各种信息，向皇帝密报，以至朝野上下人心惶惶，而他自己则威行朝野，权倾一时。

直到汪直因为贪图军功搅扰边境，惹翻了鞑靼、辽东各部，眼见边境不宁，一心要过安生日子的朱见深烦了，听了东厂太监尚铭和侍郎李孜省的奏报，将汪直贬往南京，汪直失宠，这才从权宦的队列中退出。

万贞儿对朝局动荡毫不在意，也不在意这些攀附于她谋求私利的人对江山社稷、子孙后代会造成多大的创伤和隐患。她在儿子夭折、自己不再妊娠之后，将大半的精力都用在清除朱见深的子嗣上了。

未出世的孩子遭了毒手，已出生的，即使被封为太子，亦不能幸免。皇次子朱祐极于成化五年（1469 年）四月出生，成化七年（1471 年）十一月被封为太子，却因一场并不凶险的小病而暴亡，谥号“悼恭太子”。事后虽无人敢质疑，但多数人都认定是万贵妃下了毒手。

这样算来，后来的明孝宗朱祐樘能够幸存，完全是个“意外”。

成化元年（1465 年）的春天，广西发生过一次瑶民动乱，明军出兵征伐。大藤峡之战后，一些瑶民的妻女被俘入京，充作奴婢。贺县（今广西贺州）土官之女纪氏（本姓李，因入宫时误听为纪，遂称纪氏）被俘入宫，因知书达理，充作内廷女史，掌管书室藏书。

成化六年（1470年），朱见深某次驾临内廷书库，见纪氏面容姣好，谈吐娴雅，别有一番温柔姿态，忍不住与她有了一夕之欢。这不经意的一次鱼水之欢，却让纪氏有了身孕。

本来，在万贵妃的严密掌控之下，后宫之中的任何风吹草动都逃不出她的指掌。可是万事皆有意外，也许是万贵妃为人骄横，驭下极严，暗地里已不得人心；抑或是大明国祚不该绝于此代，冥冥中注定要有后来的“弘治中兴”。天佑吉人，一向冷酷的宫廷，这次鬼使神差地出现了许多出力帮忙的好人。

先是奉命拿堕胎药来的宫婢，一念之仁，不忍将已成型的胎儿打落，遂将药剂减半，回报万贵妃说纪氏其实是“病痞”，意思是她肚里长了瘤子，以至于腹部胀大，不是怀孕。

此时万贵妃正为了皇次子朱祐极出生的事情上火闹心，听了宫婢回报，懒得再对一个名不见经传的小小女史详加追究，只是下令纪氏立即移居安乐堂。安乐堂是明朝收容老病宫女的地方，即是俗话说的“冷宫”。

所谓“冷宫”，在紫禁城中并没有固定的地方，一般是内廷某一处僻静荒芜的宫苑，获罪的妃嫔被关押在暗无天日的小屋子里，待遇可想而知。明天启年间张裕妃、李成妃曾因触怒客、魏（明熹宗朱由校之乳母客氏与典膳太监魏忠贤）被幽囚于宫中，一个被活活饿死，一个被关押在乾西五所整整四年，直到崇祯年间才恢复妃位。

清光绪帝的宠妃珍妃最初居于东六宫的景仁宫，因触怒慈禧太后，被囚禁在西六宫的咸福宫北，人称“老苑”的空室里，后转囚于乾东五所寿药房的配殿，最后被关在宁寿宫景祺阁北面的空房里。珍妃布衣钗裙，不施粉黛，穿着待遇连宫女都不如。一日三餐皆是残羹冷炙，由太监从门槛下递入，还要恭听太监的训斥、折辱。一代宠妃尚且如此，就可以想见历史上其他湮没无闻的女子处境之凄凉。

纪氏被囚的安乐堂位于北海西侧羊房夹道，这里相对僻远。等万贵妃得到消息，孩子已经平安降生。怒不可遏的万贵妃命令太监张敏前往查探，若是发现纪氏生子就溺死。小小的门监张敏亦是位卑而忠贞，不忍皇上无子、社稷无后，悄悄抱走婴儿，藏于密室以“粉饵饴蜜”喂养，避免了万贵妃耳目的进一步搜查。

再后来，是废后吴氏出手将孩子养于西内。她痛恨万氏，怜惜纪氏。两个苦命的女人和众多宫人一起，冒着生命危险，藏匿起孩子，竭尽所能地照料。这可怜的孩子，到了五六岁还不曾见过生人，长长胎发披到地上。

冷宫的岁月，寂寞、漫长，没有边际。宫墙边的野花开了一季又一季，琉璃瓦上的白雪飘落，无声无息消融。宫门冷寂，人事仿佛没有变迁，只是锁锈又厚了几层。

时间失去了真实的意义。谁也不知道转机何时出现，抑或是，转机未至，杀机已至。

## 肆

对于这个孩子的存在，宫中所有知道真相的人都默契地守口如瓶。

某日，朱见深晨起梳头，见镜中的自己面容倦怠，华发暗生，不由感慨："老将至而无子。"正在为朱见深梳头的太监张敏突然跪下说："死罪，万岁已有子也。"朱见深将信将疑，张敏抱定一死之心，慷慨呈言："奴言即死，万岁当为皇子主。”此时，站在一旁的司礼太监怀恩也跪下呈奏道：“敏言是。皇子潜养西内，今已六岁矣，匿不敢闻。”

朱见深这才知道自己有子，惊讶之余，立即传旨要去见孩子。身在冷宫的纪氏得到消息，给孩子换好一件红色小袍，告诉他：“儿见黄袍有须者，即儿父也。”说罢抱住孩子痛哭，如生死诀别。这灵慧的女子，已经探知命运的底牌。这孩子重见天日之时，就是自己毙命之日。

悲喜交加的朱见深看到孩子的第一眼，就抱起孩子说：“我子也，类我！”

几个月之后，这个在冷宫里侥幸生存下来的孩子——朱祐樘被立为太子。纪氏被封为淑妃，赐居西六宫的永寿宫。但好景不长，她移居后不久就在宫中暴病身亡。随后，张敏也吞金自杀。

“故国三千里，深宫二十年。一声何满子，双泪落君前。”如过往那些死去的妃嫔和宫人一样，她们是梦境一般的存在，似烟尘一般消失在这座宫城里，很快便无人问津。人人都知淑妃之死是谁所为，却都心惊胆战地缄口不提。只当是个意外吧！这些年来，这种意外还少吗？皇帝既无心追究，谁还敢深究？

日升月恒

纪妃的逝去，在朱见深心中或许激起了些许涟漪，但很快就归于平静。他只在乎自己是否后继有人。那些为他生育了子女的嫔妃，在他心中俱如草芥。后来，为防范万贵妃再下毒手，朱祐樘随祖母周太后居于仁寿宫中，在周太后的严密保护下，堪堪度过了波折的童年。

成化二十三年（1487 年），已近耳顺之年的万贵妃因责打宫婢而痰涌在喉，气绝暴亡。朱见深哀伤欲绝，叹道："万侍长去了，我亦将去矣！"如是，辍朝七天，谥万氏为恭肃端慎荣靖皇贵妃，陪葬于天寿山的茂陵。

万贞儿死后不久，悲伤过度的宪宗也盛年而亡。

若干年后，清朝词人纳兰容若路过天寿山的茂陵，勒马驻足，感而生情，写下了一阕《菩萨蛮》：

飘蓬只逐惊飙转，行人过尽烟光远。立马认河流，茂陵风雨秋。

寂寥行殿锁，梵呗琉璃火。塞雁与宫鸦，山深日易斜。

这段孽缘如何量算？美梦只剩涟漪，重来亦失余意。

不过前朝旧事，浮光掠影。前世荣华，如今只见深山日暮，寒鸦夜啼。

春花秋月何时了，往事知多少。
小楼昨夜又东风，故国不堪回首月明中。
雕栏玉砌应犹在，只是朱颜改。
问君能有几多愁？恰似一江春水向东流。

——李煜《虞美人》

# 第三品

○

# 遗恨

**豹房**

本是皇室贵族豢养虎豹等猛兽以供玩乐的地方，朱厚照曾买来大量猛兽试验，发现豹子最为凶猛，因此在这里多养豹子，人称豹房。朱厚照在位期间长达十三年间多居于此，这里是他玩乐和处理朝政的地方。

**朱厚照**

回望朱厚照的一生，他活得潇洒，更活得苦闷。他终此一生无法摆脱自己既定的身份。作为一个充满激情的浪漫主义者，他所追逐的，是一个始终无法实现的梦，犹如水中月、镜中花。

# 壹

明代，皇室内部动乱频生，帝位多有更迭，藩王就位，皇子身处政治风波之中，所受教育程度也各有不同，导致明朝皇子的文化素质良莠不齐。朱见深这一生做得最对的一件事，可能就是立朱祐樘为太子，并且重视对他的教育。

朱祐樘六岁被立为太子，九岁出阁讲学。出阁讲学是明朝皇太子接受正规教育的开始，担任教职的官员一般都是饱学鸿儒。皇太子一旦出阁讲学，除了大风雨雪、酷热严寒，每天都必须举行讲读。讲读的内容是四书及经史。一般的形式是上午先读，下午再讲。讲读的地点，当时是在文华殿的后殿。除却读书之外，皇太子还必须每天在侍书的专门辅导下练字。

从九岁到十八岁，朱祐樘是明朝为数不多接受了九年非常正规教育的皇太子。良好的个人修养，以及天性中的宽和良善，让他能够明辨是非，任用贤臣，励精图治。明孝宗朱祐樘于公元1487年继位，改年号为“弘治”。他即位之后，革新弊政，大开言路，任用贤能，抑制权宦，清明吏治，一扫成化年间的积弊。他在位的十八年，是明代历史上少有的经济繁荣、百姓安居乐业的承平时期，史称“弘治中兴”。

朱祐樘身世之坎坷，际遇之颠沛，与他那倒霉的父亲不相上下。他一生淡泊女色，只钟情一女子（原配张皇后）的痴情，又与他父亲待万贞儿一般无二。他可能是中国所有王朝中宫闱生活最简朴的一位皇帝。他只设皇后一人，没有妃子，也无宫女侍寝。

朱祐樘不单具备一位仁君的素养，还拥有一位明君的智慧和雅量。即使对当初迫害其生母的万贞儿家人，也表现出了极大的宽容。对万贞儿本人，他也没有听从臣下的建议对她削谥议罪。

论起来，这是他一生最深的憾恨，但他不是心胸狭隘的人。当他手握生杀大权时，他选择的不是清算报复，赶尽杀绝，而是宽恕。让过去的成为过去。

对于早逝的母妃，朱祐樘未尝不想竭尽所能地尽些为人子的孝道。即位初，出于对生母的怀念，他曾经派人前往广西寻找纪氏的族人。奈何年代久远，且当年又战祸连连，广西官员虽上天入地地寻找，终无所获，反倒引出了不少冒认皇亲的人，只能无功而返。后来，为免趋炎附势之辈趁机欺世盗名，朱祐樘果断终止了寻访的事，只为母亲上封号，在当地建祠堂，以纪念纪氏族人。

朱祐樘当政以后，全情投入工作，每天坚持早朝、午朝，罢朝之后还要忙着批阅奏章，召集大臣们议事。说实话，在明朝没有几个皇帝能做到这样。同时，由刘健、谢迁、李东阳三人组成的内阁是明朝历史上地位仅次于“三杨”的内阁，加上老而弥坚的吏部大臣王恕、兵部大臣马文升的倾心辅佐，孝宗朝气象一新，盛世局面已然形成。

纵观明孝宗朱祐樘当政时期，既无权臣、宦官及后宫的专权，也极少弊政。晚明学者朱国桢说：“三代以下，称贤主者，汉文帝、宋仁宗与我明之孝宗皇帝。”清人编《明史》多用史笔贬低明朝皇帝，唯独提及孝宗时以“恭俭仁至、勤政爱民”八个字来形容。能在政敌的笔下得到如此之高的评价，可见朱祐樘的政绩和个人魅力实在不容置疑。后世史家也予以很高的评价，认为他力挽危局，清宁朝序，恭俭有制，勤政爱民，其功绩不亚于太祖、成祖。

这样一位君主，却天不假年。弘治十八年（1505 年）五月辛卯，朱祐樘因偶染风寒，误服药物，鼻血不止，驾崩，归葬泰陵，时年三十六岁。据说当时“深山穷谷，闻之无不哀痛”。

弥留之际，朱祐樘召内阁大臣于乾清宫东暖阁觐见，留下遗命：“东宫年幼，好逸乐，先生辈善辅之。”朱祐樘的儿子朱厚照继位，改年号为“正德”，是为明武宗，即历史上赫赫有名的荒唐皇帝。

## 贰

据说，清朝的皇子入学之后，凡有荒怠学业者，老师会面斥之：“你想学朱厚照吗？”可见朱厚照荒唐名声之“深入人心”，足以成为经典的反面教材。

然而，一开始并不是这样。史载，朱厚照孩提时“粹质比冰玉，神采焕发”，性情宽厚仁和，颇有其父朱祐樘的风范。八岁时，皇太子朱厚照正式出阁读书，以聪明见称，前日讲官所授之书，次日便能掩卷背诵。数月之间，已对宫廷繁文缛节了然于胸。朱祐樘几次前来问视学业，他率领宫僚趋走迎送，娴于礼节。孝宗和满朝大臣都对他寄予厚望，认为以他的资质品行，将来必会成为一代明君。

除却天赋过人之外，朱厚照独特的命格和传奇的出生经历也成为朱祐樘格外优容他的原因。据说，张皇后当年梦白龙入腹生下了朱厚照。朱厚照的生辰八字大有来头，命理上有个名目叫“贯如连珠”，主帝王之相，与明太祖朱元璋的生辰有相似之处。

朱祐樘一生未立嫔妃，宫中只有张皇后一人。张皇后一生只有二子，一子夭折，朱厚照既为中宫嫡子，又是幸存的那个，故而备受宠爱。他性喜骑射，朱祐樘一心想把他培养成为与太祖朱元璋一样文武兼备的旷世圣君，所以在骑射游戏上对他颇为纵容，也养成了他日后尚武的习气。

要说朱厚照也确实好命，父亲给他留下一个承平盛世和一个精明强干、办事效率极高的行政班底。本来少年皇帝是能循规蹈矩的，奈何身边有一帮居心不良的太监。朱厚照当太子时，东宫有八位随侍太监——以刘瑾为首的“八虎”，引诱他斗鸡走狗，荒怠朝政，沉湎于奇技淫巧。如此种种，极大激发了朱厚照性格中玩世不恭、不拘礼法的部分。

诸位大臣眼看着心目中的一代明君胚子开始往不务正业的路子上走，文官集团不干了，六部九卿集体上书，弹劾的矛头直指刘瑾。事态紧急，刘瑾率领“八虎”跑到朱厚照面前一通大哭，如丧考妣，连夜扭转了局势。讲义气的朱厚照当然要护住自己的玩伴。他随即任命刘瑾为司礼监太监，同时批准了刘健和谢迁的辞职申请。孝宗朝的三人内阁——人称“李公谋，刘公断，谢公侃”的铁三角组合，只剩李东阳一人独撑大局。

中国的历史上，似朱厚照这样以嫡长子身份顺利承继大统的并不多见。一切得来太易，他反而对此毫不在意，逍遥适意度过了十六年的皇帝生涯，做了明朝两百多年历史中最大的“顽主”。

每次经过故宫，穿过太庙，凝视那一道道朱红宫门，我总会想起朱厚照会不会换了行装，从其中一道门中乘夜溜出，打扮成士子商人的模样，兴致勃勃地加入他迷恋向往的民间，游龙戏凤去！

我对朱厚照的好感，源自打小听熟的京剧《游龙戏凤》。戏里皇帝和村姑打情骂俏，眉目传情。似我这样俗趣味的人，至今听来依然兴致盎然，总是津津有味地欣赏风流皇帝调戏小镇酒肆老板娘，抑或是腹黑高富帅爱上呆小村姑。

《游龙戏凤》的故事广为流传，有一个花好月圆的结局。可惜戏文中的李凤姐福薄，与皇帝朱厚照定情之后，不久便病死了。后来，朱厚照又看上了一个乐工刘氏，与她相识之后，留下定情之物，随后派宫人去接她回宫。不料这位刘美人也很有性格，坚持认人不认物，要皇帝亲自去接，皇帝不以为忤，乐呵呵地去接了她回宫，纳为妃嫔，并且对她宠爱备至。坊间于是将朱厚照邂逅这两位美人的艳事，合二为一，演绎出一段风流佳话。

每次看《游龙戏凤》，都让我生出一番假想：如果明朝历史上最特立独行的皇帝朱厚照和明朝历史上最声名在外的才子唐伯虎能够相逢陌上，以他们的性格，想必一定能成为志趣相投的契友，一起笑谈风月，把酒言欢。只可惜，命运不曾给予这样的机会。当朱厚照忙着游戏红尘的时候，唐伯虎正在悲苦重重的人世间辗转播迁，困厄不断。朱厚照甚至不知道世上有这样一位苦命才子。而唐伯虎的那句诗“别人笑我太疯癫，我笑他人看不穿”，实可看作朱厚照的人生注脚。

细数起来，明武宗朱厚照是为数不多活得尽兴洒脱的皇帝之一。他生性喜自在，无所顾忌，不为世俗名位所拘。与大多数居于深宫之中、长于妇人之手，战战兢兢不敢步出禁宫一步的皇帝不同，他喜欢东游西逛，对先祖苦心营建、象征皇权地位的至高无上的紫禁城毫无兴趣，视之为牢笼。

正德九年（1514 年）正月十六日，时值元宵佳节，明代宫廷节庆时喜欢在乾清门放烟花，屡屡走水（失火），却屡教不改。这次又不慎走水，殃及乾清宫。乾清宫是内廷三殿之首，朱厚照见火起，下令扑救，自己跑到了豹房，笑顾左右："好一棚大烟火啊！"这句话让大臣听得简直要吐血，却透露了他心里最真实的想法。我相信，如果有办法可以不着痕迹地毁掉这金碧辉煌的牢笼，朱厚照或许会击掌称快吧！

与空荡乏味的紫禁城相比，朱厚照更喜欢自己营建的两个小天地——豹房和宣府（今张家口宣化区）的镇国府，这也成为后世史家集中火力诟病他荒唐的两大证据。

豹房原址在皇城的西苑太液池西南岸，临近西华门的地方，即今天的北海公园西面。豹房始修于正德二年（1507年），至正德七年（1512年）共添造房屋二百余间，耗银约二十四万两。

事实上，豹房因朱厚照而闻名，却并非他所创建。这里原本是皇室贵族豢养虎豹等猛兽以供玩乐的地方，朱厚照曾买来大量猛兽试验，发现豹子最为凶猛，因此在此多养豹子，人称豹房。豹房多建密室，有如迷宫。又建有妓院、校场、佛寺，除了广纳美貌乐伎以供淫乐之外，朱厚照所宠幸的"义子"们也多随侍于此。从正德二年（1507年）直到正德十五年（1520年）驾崩，朱厚照大多时候都居于此。此处是朱厚照的玩乐之所，亦是他处理朝政之处，只是显得不那么正经肃穆罢了。

朱厚照虽不爱深居宫中，亦不爱接见那些整天一本正经的大臣，却没真的耽误过国家大事。就正德一朝的实际情况来看，他批答奏章、处理朝政军国大事时，令出必行，少有失策。而且，事实证明，虽然朱厚照荒唐任性，贪玩好胜，却深谙帝王之术，始终能将皇权牢牢掌握在手中。从他处理当时权倾朝野的大太监刘瑾一事上，便可见一斑。

都知明代阉祸甚剧，宦官把持朝政、只手遮天，百官俯首，无人可与之抗衡。正德年间的大太监刘瑾即是代表。后刘瑾被同党弹劾（事缘刘瑾贪渎，横行霸道，不单欺凌大臣，亦渐渐与同党不睦，试图排挤“八虎”中的张永，张永不忿，向朱厚照密奏），朱厚照带醉听完张永奏报，即刻下令缉拿，几乎在弹指之间，不可一世的刘瑾就束手就擒，并被凌迟处死。宠幸刘瑾固然是朱厚照一生的大错之一，但当机立断诛灭刘瑾，这戏剧性的一幕又体现出他性格中的机变果断。

以往朝代的宦官专政，宦官往往外连藩镇，势力大到可以操纵帝位，决断皇帝的生死，明代却没有这种情况发生。说到底，明代宦官始终是作为皇帝的家奴存在的，生死荣辱全存于主子的一念之间。崇祯帝诛魏忠贤也只用了一道诏书而已。这也是明代宦官专政明显异于汉唐时期宦官专政之处。

朱厚照虽然贪玩任性，但种种惊世骇俗的出格行为丝毫不影响他的绝顶聪明、文武兼修。他在豹房精研佛学经典，通晓梵文，常招高僧入内，坐而论道，天赋悟性惊人。朱厚照庙号“武宗”，他也确实“奋然欲以武功自雄”。生性勇猛的他，不单豢养豹子，更喜与猛虎相搏，绝不是叶公好龙那等货色。

这位大明王朝的天魔星，内心深处一直盼着有机会大显身手，像太祖、成祖那样横刀立马，开疆拓土，立下赫赫战功。

## 叁

正德十二年（1517年）十月，在宠臣江彬（这位兄弟可是为皇帝挡过老虎的人，身为武官，他擅长投其所好，除了溜须拍马，还能陪皇帝打仗，迅速取代钱宁成为朱厚照的第一宠臣）的怂恿下，朱厚照到边地宣府巡边，建镇国府。从此他又多了一个享乐地、安乐窝。他在宣府乐不思蜀，亲切地称之为“家里”。紫禁城那个金碧辉煌的家，被他抛诸脑后，弃如敝屣。

此前，他还有过一次未遂的逃跑计划。当然，在朱厚照看来，这次行动更应该称为“一次伟大的冒险”。某天，朱厚照决定到关外去玩耍（主要是找蒙古人）。关外可不是什么太平之地，皇帝大人单枪匹马溜出去自助游，随时可能发生意外。正当城内的文官大臣们急得六神无主时，消息传来，朱厚照的逃跑计划，在居庸关外遭到巡守御史张钦和守关大将孙玺的联手阻止。两位大臣知道事态的严重性，宁死也不肯放他出关。

虽然年号为“正德”，朱厚照一生的行为却是对这个年号不折不扣的反讽。他一生都在与束缚自己的各种条规进行着不懈斗争，自觉开展个性解放运动。面对大臣们苦口婆心的劝谏，他态度良好地表示：知道了！你们说得不错！转身继续我行我素，典型的“虚心受教，死不悔改”。他该玩玩儿，该乐乐，而且推陈出新，变着法地玩乐。

正德十三年（1518 年）立春，朱厚照来到宣府，照例要举行“进春”仪式。朱厚照人不在北京，又对这“老土”的仪式不屑一顾，想来点儿新花样，于是亲自设计新的仪式，命人准备了数十辆马车，上面满载妇女与和尚。行进之时，妇女手中的彩球与和尚的光头相互撞击，彩球纷纷落下。这次迎春仪式，朱厚照兴致高昂，对自己的杰作甚感得意。

春牛又称土牛，是泥塑的仿真牛。春山是一种装饰性的牌坊，明代称为春花，用金银珠翠等物制成。将春牛、春山献进皇宫的仪式叫“进春”。以往的“进春”仪式是在午门的广场前举行。每年立春的那一天，京城的地方官将每一年象征春耕的春牛、春山抬到午门前的广场。

从周朝起，每个王朝的立春日都有这种风俗，京师地方官将泥塑的春牛抬到皇宫门前，然后击打，象征春耕即将开始。明清两朝由京师地方长官顺天府尹击打春牛。

如果这还不算惊世骇俗，作为历史上赫赫有名的“顽主”，朱厚照还有更出人意料的招数。他给自己更名为朱寿。九五之尊不惮自贬为“武人”，自封“总督军务威武大将军总兵官”，凡往来公文一律以威武大将军钧帖行之，后来又加封自己为“镇国公”，官方全称“镇国公总督军务威武大将军总兵官朱寿”，令兵部存档，户部发饷。

可想而知，这道诏令一出，当时京城那些尊崇礼法、循规蹈矩的大臣们会有多崩溃，捶胸顿足、痛哭流涕者有之，寻死觅活者有之。《明史·武宗本纪》就痛斥他：“耽乐嬉游，昵近群小，至自署官号，冠履之分荡然矣。”对于大臣们的规劝，桀骜不羁的朱厚照根本不予理会。我估计，看他们着急抓狂无计可施的样子，已经成为朱厚照的恶趣味。

朱厚照知道，大臣们根本不懂（也不敢懂），他一生追求的就是摆脱大明皇帝这官方身份的束缚，以不同的角色游戏人间。他也不需要他们懂。

正德十二年（1517 年），朱厚照出关巡边，至阳和，适逢蒙古鞑靼小王子达延汗引军来犯，朱厚照大为振奋，亲自排兵布阵，引兵迎战。战争中，明军一度被蒙古军包围。朱厚照见状率军杀入敌阵（颇有朱棣当年的风范），明军之围得解。此役之中，双方大小百余战，朱厚照与普通士兵同吃同住，还跃马挥刀杀敌一人，极大鼓舞了士气。

鞑靼小王子自忖难以取胜，引军西去，终生不敢深入内境。

须知这位小王子可不是童话里的小王子，而是鞑靼最卓越的军事天才，战绩彪炳，明军将领对他更是谈虎色变。想当年，曾祖父朱祁镇率十万大军御驾亲征却成了蒙古人的俘虏，今日这一战，朱厚照真是扬眉吐气，尽展胸中抱负，得偿“天子守国门”的夙愿。

想那时，金戈铁马，残阳如血。我深信朱厚照跃马回望，看见的是先祖的荣光。这一刻他才是真的得偿所愿，意气风发。兴高采烈的朱厚照回去后又加封自己为“太师”。

北方玩儿腻了，仗也打赢了，也算建功立业了，他又琢磨着去南方耍耍。

这一次文官集团彻底抓狂！您老人家不务正业，三天两头溜出去玩儿，一晃几个月，我们忍了；擅自出战，您打胜了，我们也不说啥了；您给自己封官，改名叫朱寿，如此数典忘祖的事，我们也接受了……您能不能——稍微——消停一会儿？

朱厚照当然不愿消停。双方对峙的结果是，上书劝谏的大臣们被集体在午门罚跪，每天十二个时辰，跪足五天之后还“加赏”三十廷杖。这场君臣的对峙最终因正德十五年（1520 年）六月爆发的“宸濠之乱”而不得不各退一步，握手言和。

宁王朱宸濠欲效仿成祖朱棣，在江西南昌起兵叛乱，奈何他不是朱棣，朱厚照更不是朱允炆。更何况，这个时代还出了一位光耀千古的人物——王阳明（王守仁）先生。王阳明不单是横绝百代的哲学家，还是个天赋异禀的军事家，用兵诡诈。遇上了神一样的王守仁，宁王叛乱的结局只有四个字——必败无疑。

得知宁王叛乱，朱厚照摩拳擦掌，大为亢奋。这次不用溜出关外去找蒙古人了，现成的就有一个。他以御驾亲征为名巡游江南，具体行程是这样设计的：由京城出发，途经保定进入山东，过济宁抵达扬州，然后由南京、杭州一路南下，到达福建。

等他边走边玩儿行至半路，其实胜负已分，大局已定。王阳明平定了叛乱，俘虏了宁王。没有赶上好戏、一身本领无用武之地的朱厚照深感郁闷，他听信江彬的怂恿，准备将宁王放回鄱阳湖，再战一场，彰显一下自个儿的能耐。

好在，作为“心学”祖师爷的王阳明先生，想办法压住了朱厚照的心血来潮。他比聪明绝顶的朱厚照更聪明。在他的斡旋下，朱厚照勉勉强强接受了另一个游戏方案：在金陵献俘仪式上，将朱宸濠假意释放，他再化身为“镇国公威武大将军”朱寿，将宁王抓获。这一方案算满足了这娃的好胜心兼虚荣心。

不厚道如我，每每读到这段史料都笑至喷饭。我要是宁王，真的会觉得很羞辱啊！我是很认真地在倾家荡产地举兵谋反！你们能不能重视点儿？

江南玩儿够了，宁王也被他亲手“抓获”了，朱厚照准备回京了。他依然保持着高昂的游玩兴致，丝毫没有意识到死亡的阴影已经降临。

正德十五年（1520 年），南巡途中的朱厚照在清江浦（今江苏淮安市）垂钓，不慎落水受寒，从此身体每况愈下，不复以往的活力。次年，朱厚照病逝于豹房，结束了他多姿多彩、出人意表的一生，终年三十一岁。朱厚照死后葬于昌平金岭山东北的康陵。

朱厚照的一生是不免被定义为“荒唐”的。他不安于室，做了太多令人瞠目结舌的事，但他实在不能被简单定义为昏君。他虽然腻味大臣对他的劝谏，却也不曾轻易动用自己的权力为所欲为。对他而言，这江山就是他的游乐场，他的兴趣不是做一个像他父亲那样的中兴明主，名垂青史。他只是爱玩儿，一心一意想活得自由自在，他渴望自由——身体和精神的双重自由。只是，他玩儿得超越了那个时代人的理解力，亦令后人瞠目结舌。

回望朱厚照的一生，他活得潇洒，更活得苦闷。他终此一生无法摆脱自己既定的身份。作为一个充满激情的浪漫主义者，他所追逐的，是一个始终无法实现的梦，犹如水中月、镜中花。最后，还是用唐伯虎的绝命诗来做结吧：“生在阳间有散场，死归地府又何妨。阳间地府俱相似，只当漂流在异乡。”这首诗用在朱厚照身上确实恰如其分，更有来去从容、潇洒自如的意味。

如有来生，愿他能得自由之身。

## 肆

朱厚照逝后，因未有子嗣，继承人只能在近支宗室里挑选。按《皇明祖训》“兄终弟及”的规定，慈寿皇太后和内阁首辅、大学士杨廷和等大臣商议，决定立明宪宗朱见深第四子——兴献王朱祐杬之子朱厚熜承继大统，改年号为“嘉靖”，是为明世宗。

在杨廷和看来，朱厚熜资质聪颖，年纪又小（当时仅十五岁），一切看起来和朱厚照继位时差不多。只要善加调教，这个少年当可以成为一代明君，如此也可稍稍弥补他辅佐朱厚照时的缺憾，延续大明王朝的盛世之光。

不久，杨廷和就发现自己失算了。他沉痛地意识到：眼前这仍显青涩的少年何止是聪明，简直是老谋深算，是天生的政治动物。这位有拥立之功的三朝阁老将为此付出沉痛代价。

早在由藩邸入京之初，朱厚熜就因名分问题跟大臣们斗争。当迎接他的礼部大臣们请他“从东华门入文华殿，先成太子之礼”时，政治嗅觉极为敏锐的朱厚熜坚决不从，他知道这意味着什么。这条入宫路线是专门为皇太子设计的，做皇帝应该走大明门，进奉天殿。朱厚熜表示：“吾嗣皇帝位，非皇子也。”他的意思很明确，我是来继承帝位的，不是来给人当儿子的。

皇位的诱惑并未让年仅十五岁的朱厚熜欣喜若狂，失去理智。他拒绝受人摆布，态度坚决，不为所动，打定主意，谈不拢就一拍两散。

面对这位心理素质超强的谈判对手，久经江湖的杨廷和亦无计可施，奈何这是他自己看中的人选，左思右想只得妥协。

随后，朱厚熜的生母兴献王妃蒋氏入京，礼部拟议由“崇文门进东华门”，朱厚熜不允，嫌东华门等级不够，改由“正阳中门直入”。即位正名嘉靖帝后不久，他又出新招，提出要追封自己的生父兴献王为皇帝。

从人子的角度讲，他的这个要求完全合情合理。不料这个颇具人情的要求却遭到号称尊崇礼法的朝臣们的集体抵制，朱厚熜甚是恼火，这个皇帝当得连爹妈都不能认了，还要跟这帮死脑筋斗智斗勇！

从说理到动刑，历时两三年，其间经历了内阁首辅杨廷和辞职、大臣们喋喋不休反复上书、“左顺门”抗争事件爆发等一系列艰难险阻，明朝最著名的历史事件——“大礼议”终于尘埃落定，以朱厚熜全盘获胜而告终。

其实无论皇帝还是大臣都知道，他们之所以如此纠结于名分问题，是因为这个看似刻板无聊的问题直指政治斗争的核心——权力。这一系列事件看似无关紧要，其实涉及礼法尊卑，谁在当中占了上风，谁就获得了权力。

毋庸置疑，少年皇帝凭借这些较量，巩固了自己的地位，将皇权牢牢掌握在自己手中，终此一生不曾放松。他如愿以偿地将父亲兴献王朱祐杬尊为“献皇帝”，庙号睿宗，神位入主太庙，跻身于武宗朱厚照之上。

实事求是地讲，兴献王朱祐杬也是有资格享有这个尊号的。他是宪宗朱见深第四子，成年之后被封兴献王，知识渊博，为人端正豁达，是藩王之中少见的高素质之人。朱厚熜继承了父亲的优良基因，又得他悉心教导，自幼资质过人，说他聪明绝顶并不为过，朱厚熜和朱厚照一样，可以算作明朝皇帝中智商列第一梯队的人物。

但与朱厚照不同，朱厚熜性格乖张，精于权谋。我相信不只是黯然隐退的杨廷和，那些日后在朱厚熜的整治下噤若寒蝉的大臣们，都会深切地怀念那个曾经让他们头大如斗、穷于应付的朱厚照。起码，在他面前，大臣们还可以指手画脚，仗义执言，保持人格的完整和气节。

跟朱厚熜的心狠手辣相比，朱厚照对待大臣很是仁慈宽厚。朱厚照知道自己爱玩儿，就干脆将内政托付给杨廷和，但他终其一生都很尊重这位老臣。在朱厚照看似荒唐的统治下，大明王朝还井井有条地运行于轨道上，并未真正滑向衰落的深渊。

然而，对于初登帝位的朱厚熜来说，他的所作所为都是有理由的。所谓“一朝天子一朝臣”，以外藩亲王身份即位的他，对前朝臣子有着天生的戒备和不信任。经过旷日持久的“大礼议”事件，他愈发坚定地相信，只有权谋和暴力才能捍卫皇者的权威，才能牢牢掌握手中的皇权。

## 伍

站在太和门广场东侧的协和门（明代叫左顺门）前，想起嘉靖年间的左顺门事件，接着想到杨慎的那首《临江仙》：

滚滚长江东逝水，浪花淘尽英雄。是非成败转头空，青山依旧在，几度夕阳红。

白发渔樵江渚上，惯看秋月春风。一壶浊酒喜相逢，古今多少事，都付笑谈中。

“逝者如斯夫，不舍昼夜。”金水桥边，残阳如血，千载之下，去者不远；又有谁能真如王阳明先生那般超然世外，视富贵如浮云呢？

嘉靖帝终其一生做不到，当年年轻气盛的杨慎更做不到。在他的父亲辞官去职后，作为内阁首辅之子、当时士林的青年领袖，年轻气盛的杨慎当仁不让地接过了护礼派的大旗。当唇枪舌剑已不能奏效时，这位高干子弟率领诸位大臣齐聚在左顺门外，静坐、号哭，花样百出。

杨慎更喊出了一句颇具煽动性、永留史册的口号：“国家养士一百五十年，仗节死义，正在今日！”这句话说白了就是：兄弟们上吧！咱们跟皇帝扛上了，死扛到底，荣辱成败只看今朝。他带头闹，撼门号哭。一时之间，金水桥畔哭声震天，紫禁城内如丧考妣。

这十足的“愤青”行为，彻底惹恼了嘉靖帝。在数次劝导（派太监传旨）、恐吓（为首者下狱）无效的情况下，嘉靖帝使出最后的招数——廷杖。对于这帮家伙，他的耐心已到极限，他决定不再客气，让这帮书生彻底闭嘴消停的方式只有一个——打！

廷杖行刑的地点在午门御道的东侧，受刑的官员被扒下官服，换上囚服，反剪双臂，面朝下被四名锦衣卫用布兜着。一百名手执棍杖的锦衣卫列队侍立，听候监刑太监和锦衣卫首领的指令。数名行刑的锦衣卫依次上前，每人五杖，行刑时要高喝助威，行刑完毕，将受刑人抛掷在地。

廷杖可不是简单地扒下裤子打屁股，怎么打，打多少，其中大有玄机。有“用心打”和“着实打”两种方式，如果监刑官脚尖张开呈“八”字形，意思就是“着实打”，这样有可能保住一命，但不死也要割去败肉数十碗，医治半年以上，严重的话会导致残废。如果监刑官脚尖向内，示意“用心打”，受刑的大臣则必死无疑。此种刑罚对文弱书生而言，除却精神上的羞辱，肉体上也是足以致命的。

和刽子手一样，施行廷杖的人都是经过专门训练的。训练方法是，在砖头上盖一张纸，要求将砖头打碎，而纸丝毫不破。如果得到满意的贿赂，他们手里的木棍打起来看似血肉横飞，却不致命；如果受刑的官员家境贫苦，无钱行贿，行刑者下杖时看起来很轻，甚至连皮都不破，却足以痛彻心扉，只消三四十杖，就足以致命。

左顺门事件之后，嘉靖帝开始报复。两百多名闹事的官员（实际只有一百四十余人）被关押，随后以签名为证，除却年老体弱一打就死的，其余人等被逐个施以廷杖。其中十七人被杖毙。此次流血事件中，带头闹事的杨慎，荣幸地被打了两回。兴许是他年轻，底子好，才得以熬过两次廷杖而不死。

虽有“大难不死，必有后福”之说，但对杨慎而言，等待他的却不是后福，而是嘉靖帝的特别“优待”——流放云南永昌（今云南省保山市），永世不得返京。当年的云南，尚未开化，瘴气丛生，是让人闻之色变的荒蛮之地。一入此地，如入鬼域。

流放途中，杨慎凭着聪明至极的头脑躲过了暗杀。抵达云南之后，又凭着自己的魅力和过人的交际能力，迅速和当地官员打成一片，吟诗作对，著书立说，纵情山水。这位当时的天下第一才子，昔日的内阁首辅之子，嘉靖朝的流放重犯，除却背井离乡，回京无望，日子居然过得还不赖。

此后的三十余年，杨慎愈发放浪形骸，以诗酒自娱，将精力放在著书立说上。史载：“明世记诵之博，著作之富，推慎为第一。”一代才子，远离了政治斗争，却为后人留下了丰厚的精神遗产。

作为嘉靖朝排名靠前的政治犯，杨慎始终被睚眦必报的嘉靖帝忌恨着，能以七十二岁的高寿善终于云南——这样的结局其实也不坏。

当杨慎在云南享受“风花雪月”之际，千里之外的京城，嘉靖朝政坛的腥风血雨才刚刚开场。杨廷和之后，后起之秀张璁、夏言、严嵩、徐阶、高拱等，个个都是官场高手。你方唱罢我登场，个个看似权势倾天，却始终不过是嘉靖帝手中的玩偶。

嘉靖帝阴狠狭隘，自私自大。他确实很聪明，可以玩弄群臣于股掌之中。在朝臣此起彼伏的斗争中，他始终是冷静的旁观者和幕后操纵者。他不单对朝臣阴狠，对待于他有恩的孝宗张皇后也态度冷淡，并不礼遇。这位在孝宗朝独享圣宠，武宗朝又贵为太后之尊的张皇后，先甘后苦，晚景凄凉。同理，嘉靖帝对他后宫的那些妃嫔也是爱之欲其生，厌之欲其死。他的三任皇后都没得善终。

嘉靖帝本就性情乖张，中年又开始迷恋修道炼丹，追求长生不老。每次服用丹药之后，他愈发喜怒无常。在前朝责打大臣，在后廷惩罚宫嫔，对宫女嫔妃稍有不满，轻则厉声呵斥，重则施以大刑。几年之中，因为细微小事被酷虐而死的就有上百人。

嘉靖帝迷恋道教，与他从小生长的环境有密切关系。明代皇帝大多信奉道教，在紫禁城内外兴建了许多道场，其中最大的殿宇是位于紫禁城中轴线最后、御花园偏北的钦安殿。

## 陆

嘉靖帝非常宠爱猫，他有两只特别喜欢的，分别叫“雪眉”和“狮猫”。嘉靖帝以帝王之尊举行仪式，册封雪眉为“虬龙”。“虬龙”死后，嘉靖帝非常悲痛，将它葬于万岁山（今景山），立碑著文，题名为“虬龙墓”。“狮猫”死后，嘉靖帝为它打造了黄金棺材，举行了隆重的葬礼，并命大臣们为其作祭文。凡有不遵命者，皆受惩责；文辞合意者，则受宠幸，得以晋升。

与对待宠物的态度形成鲜明对比，嘉靖帝对待宫人非常残酷。他听信方士邵元节和陶仲文妖言，取处女初潮之经血炼制红丹，以求长生不老。为保持身体的洁净，宫女只能吃桑饮露，很多人因此饱受残害，事后还有人被灭口。这些丹药自然不能长生不老，却有壮阳的效力，宫女们被性虐狂折磨得求生不得求死不能。绝望之下，只能奋起反抗。

嘉靖二十一年（1542 年）十一月的某个深夜，嘉靖帝宿于曹端妃所居的翊坤宫，熟睡之中，被以杨金英为首的一帮宫女以绳系颈，欲取其性命。慌乱之中，所系绳扣竟误打为死结，宫女心慌力弱，嘉靖帝仅被勒昏。宫女中有胆小者前往皇后所居的坤宁宫报信。方皇后赶来救护，嘉靖帝才得以不死。此事发生在壬寅年间，又发生在禁宫之内，史称“壬寅宫变”。

事发之后，司礼监审讯宫女的口供中有“咱们下手吧！强如死在他手里！”之语。历代宫女，含冤而死的何其多，似嘉靖年间这样的宫廷事变，宫女谋杀皇帝，还是闻所未闻。可见宫女受迫害之深，反抗实属忍无可忍。

宫变之后，杨金英等十六名宫女皆被分尸，宁嫔王氏、端妃曹氏亦受牵连被处死。生性多疑的嘉靖帝受到了很大惊吓，从此不再居于禁内，避居西苑，开始了二十余年不上朝不见大臣的创举。虽然武宗以后的明朝皇帝都开始往不务正业的路子上走，越来越不拿当皇帝这事儿当回事儿，但像嘉靖帝这样，在位四十五年，二十多年不上朝理事的还是头一个。

大难不死的嘉靖帝认为自己因遵信道教而被上天庇佑，躲过此劫，从此之后更加倍痴迷于此。嘉靖帝自号“天池钓叟”，另外还有一个道号“雷轩子”，他既要皇位尊荣，更要做长生不死的仙人，于是在养心殿的西南营建了一座“无梁殿”作为丹房，熬制丹药。

虽修道炼丹，却不减凡俗之欲。有明一朝，嘉靖帝是拥有妃嫔最多的皇帝，曾效仿古礼采选九嫔，先后立有三任皇后。

原配陈皇后仅仅因为对他的好色略有不满，嘉靖帝便大为震怒，踢打陈氏，陈氏因惊惧流产，血崩而死。陈氏死后，嘉靖帝立顺妃张氏为后，一度宠爱有加。然而嘉靖帝很快就因小事盛怒，下令将张氏幽死冷宫，无谥号，继立者为方氏德妃。方皇后在“壬寅宫变”中对嘉靖帝有救命之恩，但她借机处死了宁嫔王氏和端妃曹氏，令嘉靖帝忌恨在心。几年后，后宫失火，嘉靖帝竟命人不救，任由方氏在火中惊惧而亡。

说实话，读史书时，在书间见多了宫闱血腥，对人心诡诈无情、相互利用也见怪不怪了。可是，行文至此，仍是止不住齿冷血冷。后宫之中，女子之间凭仗美貌，用尽心机嗜血相斗都情有可原。毕竟，获取宠爱是唯一的出路，没有君王的恩宠就意味着红颜冷寂；老死宫禁无人问津，更可能会连累家族。然而，似嘉靖帝这样对待嫔妃冷血无情，视人命如草芥，实在让人痛恨至极。

即便历史上那些著名的暴君，也还有儿女情长、夫妻情深、略见真心的时候。唯独这个人，普天之下，唯我独尊，全情投入，只爱自己。相较之下，明武宗朱厚照这位贪玩多情、好色好酒的君王，肯为一诺屈尊去接美人，还真是至情至性，可爱到令人怀念。

嘉靖年间，国势日下，积弊丛生，群臣丧志，已是不争的事实。即便不上朝，不见大臣，痴迷于炼丹，一心追求长生不老，嘉靖帝对手中的权力亦无一时一刻的松懈。二十余年间，他忙里偷闲批阅奏章，对朝廷发生的大小事件，无不了若指掌。

他的独裁统治，不单灭去了这个王朝前进的活力，为后世埋下了祸根，更阉割了文人的思想，铲平了文人的风骨。当一个时代的士子文人失去信仰，气节被扫荡殆尽，变成犬儒，忙于党争，精于谋取私利时，这个时代就已经失去了希望，趋于黑暗。

学者多有论断，明之亡，始于万历。而我基于对嘉靖帝不加掩饰的厌恶，主观地认为，肇祸之端，实在嘉靖帝。

公元1566年，五十九岁的嘉靖帝驾崩于乾清宫。这位明朝历史上实际统治时间最长的皇帝终于结束了他的专制。对于他的过失，海瑞已经骂得相当具体。至于他漫长的一生，我只有八个字：死得太迟，死有余辜。

这个评断，无关正史，我不觉得武断。

兴亡千古繁华梦，诗眼倦天涯。
孔林乔木，吴宫蔓草，楚庙寒鸦。
数间茅舍，藏书万卷，投老村家。
山中何事？松花酿酒，春水煎茶。

——元·张可久《人月圆·山中书事》

# 第四品 ○ 秉政

**军机处**

因清廷连年用兵西北，战事紧急，军报频仍，雍正帝特命在靠近养心殿的隆宗门内临时设置军需房（又称军机房），不久，改为军机处。军机处初设时不参与其他政务决策，后来权力渐大，逐渐取代内阁成为实际秉政、处理政务的机构，凌驾于内阁之上。

**雍正帝**

《诗经 · 邶风 · 柏舟》如此确切地表明了他的心意。诗中失意的君子大臣可以泛舟其流，以敖以游；可以独步山水，寄意林泉，长吟以纾解内心的抑郁，他却连那点自由都没有。他要熬住，连心意也要善加隐藏，不能被人窥破。奈何生在帝王家，奈何身为天下主。

## 壹

步上太和殿高高的玉阶，在丹陛上远眺。巍巍紫禁，恢宏宫阙，优美寥远，令人浮想联翩。“且夫天子以四海为家，非壮丽无以重威。”（司马迁《史记·高祖本纪》）这里不单是两千年帝制最后的巅峰光华，更是离我们最近的王朝的遗音。纵然此时更像一具残骸，昔日荣华繁盛一去不返！

太和殿是紫禁城的正殿，也是最体现皇权帝制的象征。这里曾是多少人以假为真、争权夺利的修罗场，又曾是多少人付出生命和热望的归属地。站在这里，我想起两位皇帝，明朝的万历帝朱翊钧和清朝的康熙帝玄烨。万历帝长达二十八年不朝，超越了嘉靖帝，创下了历史上皇帝怠政的最长纪录；而康熙帝十四岁亲政，在位六十一年间，从未因疏懒荒废政事一天。

万历帝在位四十八年，是明朝历史上在位时间最长的皇帝。康熙帝在位六十一年，是中国历史上在位时间最长的皇帝。比较这两位皇帝的职业生涯是很有意思的事。明实亡于万历，清渐盛于康熙。他们同是绝顶聪明的人，行事风格竟如此不同。

还有一层格外深长的联系，暗与两朝兴衰接替相连。万历四十四年（1616年），康熙帝的先祖努尔哈赤统一北方女真部落，称汗，建立后金，奠定大清基业，秣马厉兵，图谋中原。

崇祯十七年（1644年），李自成攻陷北京，建立大顺。大顺实在是个不入流的王朝，仅存四十二天就玩儿完了，连史学家都不愿多提。作为报复，农民出身的李自成在撤退前一天举办登极仪式，地点不在皇极殿（清朝改称太和殿），而在武英殿。他撤退前焚了紫禁城，一场大火烧得遮天蔽日，硝烟数月难以散尽。紫禁城中除武英殿、建极殿（保和殿）、英华殿、南薰殿、四座角楼和皇极门外，其余建筑大多被毁。直至顺治十四年（1657年），才完成了中路建筑的基本修复。

同年十月清军入关，顺治帝举行登极大典。由于先前被李自成纵火焚毁的皇极殿未遑修整，这次的登极大典是在皇极门（清朝改称太和门）举行的，仪式比较简单。顺治帝之后的清朝皇帝，均在修缮一新的太和殿举行登极大典，典礼隆重庄严，礼仪烦琐。

一般人会以为，皇帝上朝处理政务会在前朝的太和殿，亦即民间传说中的“金銮殿”。实际上，太和殿政治上的象征意义大于其实际功用。

太和殿是举行各种重大典礼的场所，如皇帝登极、大婚，恭上皇太后徽号，册立皇后、太子，命将出师，新授官员谢恩，宴飨等；皇帝祭天、祈雨、祈谷的前一天，要在这里阅视祝版（即祭祀书写祝文之版）。

乾隆五十四年（1789 年）之前，科举考试的最高一级“殿试”，亦在太和殿举行，称为临轩后策士。后来虽改为保和殿，但殿试后钦点状元、宣布进士名次的“传胪”仪式，仍在太和殿举行。

此外，每年元旦（清朝的元旦即春节）、冬至、万寿（皇帝的生日），一年中三个最重大的庆典日，皇帝在此举行“大朝仪”，接受文武官员的朝贺，并向王公大臣赐宴。元旦是岁之首，月之首，时之首。冬至是一年当中光照时间最短的一天，古人认为这是阴阳转枢的日子，从次日开始，阳气一天天渐长，阴气一天天渐消，值得大庆。皇帝斋戒三日，在冬至当天前往天坛祭天。次日，在太和殿接受王公大臣的朝贺。万寿节则是当朝皇帝的生日。皇帝生日成为节日是从唐玄宗时开始的，当时称为千秋节。明清两朝将皇帝的生日称为万寿节，将皇太后、皇后的生日称为千秋节。

原谅我有一种错觉。我总会情不自禁把此时经过的人想成当年在此劳役站班的人，转念就觉得自己荒谬。彼时在这儿的人，哪敢如此自由散漫。寻常时日，一般官员连太和门广场都难以进入，他们来去进退、言行举止皆有法度，亦有严格的规定，丝毫不准错犯。

举行大朝仪时，也不是所有人都聚集在太和殿，文武百官在太和殿广场上按品级跪拜、朝贺。广场上有用于规范官员站列的标志物——品级山，御史在旁纠仪，叫站山子。古装电视剧里王公大臣议事，在朝堂上熙熙攘攘、闹得沸反盈天的景象，在真实的朝仪中是绝不允许出现的。皇权至威，不容挑衅。一步行差踏错，都可能获万死之罪。

千秋史册自有公论，评论一位皇帝的功业，从不以他在太和殿举行过几次大典、威仪如何为标准，而主要看他日常施政的得失。一个庞大的帝国运转起来，一日事有万千，仅仅是一年三次的大朝仪和每月两三次的御殿视朝，远远满足不了处理政务的需要。皇帝处理日常政务，上朝听政，谓之“常朝”。永乐年间，因三大殿建成之后毁于火灾，当时又战事连连，“常朝”遂改在三大殿的正门——奉天门（明朝后期改称皇极门，清朝称太和门）举行，并逐渐演变成“常朝御门仪”，俗称“御门听政”。

比较勤政的明朝皇帝早朝结束后，还喜欢到奉天门广场东西侧的左顺门（今协和门）、右顺门（今熙和门）和大臣商议政务。左顺门介于明朝皇帝日常听政的奉天门和内阁之间，明朝在这里设立了本章的收发机构，凡是上递给皇帝批阅的本章都要交到这里，并在此处领取批出的本章。

明朝初年皇帝勤政，劳模朱元璋曾定下规矩，每日临朝。文武官员须拂晓时分到奉天门参加朝会，皇帝接受朝拜、处理政事。大臣们早早地赶到午门外等候宫门开启，击鼓毕，文武大臣列队从午门左右掖门而入。按品级，文东武西，分列于奉天门广场两侧等待皇帝驾临。大臣除非重病卧床，否则不能因一时的身体不适而请假。无论皇帝是否有兴致出现，逢朝会日，文武百官均到此聚集。明朝后期，皇帝多以怠政出名，大臣们深受其苦。

太和殿之后是中和殿、保和殿。中和殿相当于大典前的后台，皇帝在此稍事等待休息。清初，保和殿曾做过顺治皇帝的寝宫。清军从沈阳入京之初，紫禁城因被李自成一把火烧得破败不堪，前明皇帝的寝宫——乾清宫根本无法住人，清廷将当时称建极殿的保和殿加以修整，改称位育宫，权作顺治帝寝宫。顺治帝曾在此住了十年，与第一任皇后博尔济吉特氏（静妃）大婚亦在此处。在此居住的前八年，顺治帝习惯将中和殿作为御临的便殿，还在此接见宴请过对清初定鼎中原起了重要作用的文臣范文程和武将吴三桂。

保和殿也是殿试、宫中赐宴外藩的地方。清代，公主下嫁前，皇帝宴请额驸家男性的家宴也在此殿（女性则在内廷）。保和殿外的平台曾是崇祯帝调兵遣将、托付将领的地方。这位皇帝曾寄希望于臣子的忠心，希望他们挽江山之颓势，靖边境之烟尘。可惜，还是大势已去，回天无力。

## 贰

从太和门走到乾清门，由前朝缓缓步入后宫，跨进那道宫门，亦像是走入另一个朝代。站在宫门前，凝望着朱红色大门上斑驳凝重的门钉，每往前走一步，离前尘旧梦就更近一些。乾清门广场有种被岁月涤荡的空阔清寂感。帝制时代，只有三品以上文官、二品以上武官，皇帝身边的侍从、侍卫、宦官及皇帝临时下旨召见的人，才可以出现在这里。

这个狭长的广场又称“横街”，是紫禁城内一条分界线。横街以南是外朝，以北是内廷。横街将紫禁城按六与四的比例隔开，南面的外廷为六，北面的内廷为四。广场两侧各有一道禁门，东为景运门，通往外东路宫区；西为隆宗门，通往外西路宫区。

站在乾清门前，日色朗朗，我始终觉得那是一条通往别处的时空隧道。与外朝的太和门不同，内廷的乾清门似乎是通往内心深处的一条孤长暗道。它始终给予我这样的暗示和指引。

乾清门建于明永乐年间，其两侧分别是通往东西六宫的内左门和内右门。内左门不常开启。宦官等内廷服役人员进出，都要走内右门；需要经常出入内廷的军机大臣、南书房翰林、内务府大臣等朝官，也要经内右门出入。

内左门外东侧有庐房十二间，由西向东依次是当年的外奏事处（接受大臣奏章的地方）、散佚大臣（负责侍卫事宜）值班处、文武大臣奏事待漏处（待漏即等候报时，大臣们上朝奏事的等候处）。

内右门外西侧有庐房十二间，由东向西依次是侍卫值宿房、军机处值房、内务府大臣办事处。

乾清门广场横街南侧，与排房相对有五间板房，为宗室王公奏事待漏处。值得一提的是，奏事处是宫内传递公文的机构，又分为外奏事处和内奏事处。

清代奏事处接到奏折题本、传递谕旨的过程大体是：每日零点，各部院派一笔帖式捧奏匣至东华门，待门开后，笔帖式随奏事官将奏匣交至景运门外的外奏事处。待乾清宫门开之后，外奏事处将奏匣送至位于乾清宫西庑月华门南的内奏事处，由内奏事处的奏事太监送呈御览。凌晨两点左右，乾清门前有一白纱灯放到阶上不久，奏事官即捧前次经御批的奏折出门，发还各部院衙门。

雍正七年（1729 年），因清廷连年用兵西北，战事紧急，军报频仍，雍正帝特命在靠近养心殿的隆宗门内临时设置军需房（又称军机房），不久，改为军机处。

初时，雍正帝派怡亲王允祥，大学士张廷玉、蒋廷锡等入值，专为办理一切军需事宜。雍正十年（1732 年）改为常设机构，正式命名为“办理军机事务处”。军机处初设时不参与其他政务决策，后来权力渐大，逐渐取代内阁成为实际秉政、处理政务的机构，凌驾于内阁之上。

一旦入住军机，就进入了帝国政务的核心决策层，军机大臣位高权重，令人艳羡。可是，站在隆宗门内，面对着那一排军机值房，切身感受到的却是为人臣子的艰辛和不易。军机值房内的陈设是如此简单，除却必备的办公用品和必要的休息设备之外，几乎没有其他陈设。当值期间如果饿了，也只有简单的食物（烧饼、油果子之类）可用。

曾有军机章京（军机大臣的副手）如此描述这几间值房：屋小如舟，十几个大臣就着烛光，埋头写字。这样的情景，与十年寒窗苦读的书生没有两样。清末大臣梁凤墀不无揶揄地说："军机处三间破屋，中设藜床，窗纸吟风，奇寒彻骨，则军机大臣起居不过如此！"

军机处是一个非常高效的机要班子。军机大臣每天阅各衙门章奏，前往不远处的养心殿，听取皇帝对奏章的批复。皇帝口述指示，军机大臣聆听，然后回军机值房凭记忆将皇帝的旨意草拟为诏书，然后再赴养心殿交皇帝定夺，这中间只有一个时辰。草拟的诏书经皇帝首肯后，作为正式诏书下发。军机大臣每日分两班轮值，办理皇帝当日交办的事情，随时听候宣召。军情战事紧张时，皇帝更是会不分昼夜地召见正在值庐值宿的军机大臣。

为防君权旁落，清朝皇帝对军机处的限制极严。中央和地方官员不得将奏报的内容事先透露给军机大臣；军机大臣不得在军机处办理本部院之事，各部院大小官员不得到军机处找本部堂官请示事务。

军机处的印信由内廷收藏，需用时，由值班章京（军机处办事人员）向内奏事处“请印”，用毕即还。军机章京的值房亦不许闲人窥视，违者重处不赦。为了严格执行这些规定，每天都有一名监察御史从旁监视。晚清时，张之洞入内觐见，到军机处找恭亲王奕䜣议事，想起先朝遗训，这位老于宦海的权臣，依旧不敢僭越，止步阶下不前。

清初皇帝普遍比较勤政，自顺治朝起，就有乾清门“御门听政”之举。到康熙朝时，“御门听政”更加频繁，许多军政大事都是在听政时决策的。康熙帝坚持“御门听政”长达半个世纪，是最为勤政的皇帝之一。清朝前期的皇帝体力较好，“御门听政”的优良传统一直没有间断。咸丰初年以后，朝政日趋腐败，皇帝体弱多病，“御门听政”渐渐废弛。到同治、光绪年间，由于慈禧太后垂帘听政，“御门听政”遂告废止。

清朝皇帝（自雍正帝以后）“御门听政”的时间是：

春夏两季，皇帝于辰初三刻（约为早晨七点四十五分）准时到乾清门；而秋冬两季，则为辰正三刻（约为早晨八点四十五分）。

“御门听政”开始前，乾清门首领太监将皇帝宝座、屏风陈设于乾清门正中，宝座前设一黄案，案前放一个毡垫，供官员跪拜进奏时用。乾清门侍卫在宝座前左右翼立，丹陛以下，有领侍卫内大臣、内大臣、豹尾班及侍卫持枪佩刀分左右相对而立。

各部院前来奏事的官员先在朝房恭候。皇帝御驾到来之前，先传旨。官员得旨之后，马上到乾清门阶下按次序、分品级，列东、西相对而立。记注官、科道官、翰林等也分别到规定的地方站好。

皇帝升座之后，各部院奏事官依次将奏匣放在黄案上，再跪向皇帝呈奏，当面承接旨意。若奏机要之事，科道官侍卫等退场。大学士、学士升阶，由满族内阁学士跪奏，皇帝降旨遵行。

除紫禁城外，清代皇帝在御园离宫亦常处理政务，西苑的瀛台，畅春园，圆明园的勤政殿，避暑山庄的澹泊敬诚殿、烟波致爽殿等，都是皇帝处理日常政务的地方。

一位相对称职的皇帝的日常工作包括：各种祭祀、宫中日常视事、御殿视朝（后改为御门听政）、御殿传胪（殿试发榜召见新科进士）、懋勤殿勾到（每年秋后，皇帝亲自审批判决死刑的案件）、接见外藩使节等。至于我们经常在各种宫斗剧中看到的后宫纷争，那只能在处理政务之余再去安抚处理。

## 叁

穿过横街，进入乾清门，从丹墀甬道步上乾清宫月台，这座内廷正殿面阔九间，进深五间，重檐庑殿顶，上覆黄琉璃瓦，规制与前朝太和殿同，为内廷后三宫之首。

甫入殿内，就有一股阴凉袭体，好像遁入古旧时空，与门外的光鲜亮丽无涉。乾清宫的高大廊柱，有种岁月浸润的沧桑之美。明朝十六位皇帝以及清朝的顺治帝、康熙帝，都以乾清宫为寝宫，处理日常政务。

仰望御座，“正大光明”四个字赫然在目。这四个字原来的匾额是由顺治帝亲书，仿佛是冥冥中的一种托付。顺治帝后来厌恶自己的帝王生涯，恨其不得自由。他的儿子康熙帝却没有他的挣扎和不甘愿，坦然将帝王这个职位的事务打理得极其好。

爱新觉罗·玄烨，八岁登极，在位六十一年，毕生勤政不怠，无数次力挽狂澜，奠定了康乾盛世的基础，终成一代圣主明君。如果说真有“天命所归”，那么“天命”的意思应该不是说谁生来就是皇帝，而应该理解为谁当之无愧，天生适合做皇帝。而事实证明，玄烨是真正的“天命所归”。

比起儿子雍正帝的兢兢业业，玄烨这皇帝做得游刃有余。他生来并非太平皇帝。清室定鼎中原，玄烨冲龄践祚。天下初定，百废待兴，世非承平。前有权臣制约，清朝贵胄觊觎皇位；后有三藩之乱，沙俄犯境。彼时的台湾仍在明朝旧臣郑氏父子手中，蒙古诸部内乱频生，噶尔丹叛乱未平……又兼年年黄河水患不断，时时流寇四起，民间有人以“朱三太子”之名煽动民众逆反。种种忧患，无法细述尽言……但康熙帝个性刚毅果断，又不失宽忍，内任贤臣，外委良将，终将国家大事调理得清清明明。

早在康熙帝即位之初，孝庄太皇太后就曾问他一生何求。当时只有八岁的玄烨昂然应道：“无他欲，唯愿天下治安，民生乐业，共享太平之福而已。”自亲政之日起，康熙帝几乎日日勤政不辍。摊上个精力十足的工作狂皇帝，大臣们也是跟着累吐血！后来，大学士代表扛不住、吃不消的大臣们奏请皇帝，隔三四日听政即可。康熙帝批复道："朕听政三十余年，已成常规，不日上御门理事，即竟不安，若隔三四日，恐渐至倦怠，不能始终如一矣。"

不同于明朝后期居于深宫之中、长于妇人之手、受宦官蒙蔽的诸位皇帝，康熙帝一生如龙腾四海，亦如猛虎出林。平定山河，自有其长空净洗、快意恩仇之处。他射技精绝，弓马娴熟，虽长于宫中，亦不忘祖训，不失游牧民族彪悍本色。平定三藩；收复台湾；与噶尔丹鏖战数年；两岁之间，三出沙漠，栉风沐雨，并日而餐，入不毛不水之地、黄沙无人之境，终令蒙古土尔扈特部归附。他自言："可谓苦而不言苦，人皆避而朕不避。"

在康熙帝的努力下，清朝逐步成为当时世界上幅员辽阔、经济富庶的帝国。建立和掌控这样的帝国，康熙帝可谓是殚精竭虑，数十年如一日。康熙帝尝言："一事不谨，即贻四海之忧；一念不谨，即贻百年之患。"身为人主，原无宴息之地；夙夜孜孜，鞠躬尽瘁而已。这话听来心酸，却令人感怀。为人君者当如是，能如此为人君者又有几人？

## 肆

都是幼年继位、早熟早慧的君主，普通人家的孩子还在懵懂玩耍的时候，九岁的万历帝、八岁的康熙帝就要学着做一国之君了。即位之后，同受辅政大臣辖制，一位被首辅张居正拘管，一位受制于顾命权臣鳌拜。

相较而言，康熙帝更苦一点儿。从即位之初受顾命大臣挟制，皇权与旗权始终暗战交锋，磨砺着他的心智。幸而少年天子天性坚忍，暗中积聚反抗力量，对世事和人心艰险有更多的预料和担待。而万历帝更悲剧一点儿。一开始，他的母亲慈圣皇太后和导师张居正以及大伴冯保，联手为他打造了一个虚假的完美世界，并对他隐瞒真相，这使得他对于人性和道德持天真幻想，待到理想幻灭，就觉得世界颠倒，进而怀疑一切，否定一切。

万历帝不是没有刻苦过。他即位时还不满九周岁，张居正请求慈圣皇太后移居乾清宫，监护皇帝的起居，以确保每逢三、六、九日早起上朝。慈圣皇太后很是配合张居正的安排，这位宫女出身的太后知书识礼且教子严厉，在管教儿子这件事上，和张居正可谓珠联璧合。每到上朝的日子，慈圣皇太后凌晨即起，五更时来到皇帝寝宫，叫醒熟睡中的小皇帝，命令宦官们左右扶着小皇帝的两腋，让他起来，前往皇极门听政。

上朝之外的日子，万历帝每天早晨要到皇宫东部的文华殿听儒臣讲解四书五经。在万历元年（1573 年）到万历七年（1580 年）的实录中，“上御文华殿讲读”成了那段时间朝廷的主要事件。每年春秋两季，少年皇帝还要在文华殿接受更加正规而隆重的“经筵进讲”。在乾清宫中，慈圣皇太后还要督促儿子读书，一旦发现儿子贪玩儿，便要罚他下跪。

过于严苛的教育必然导致强烈反弹——我始终觉得万历帝的心理转变与其堪称道德楷模的精神导师张居正个人光环的坍塌有直接关系。他对张居正的彻底否定，也是对自己自幼所接受的文化理念的彻底质疑和推翻。他不能摧毁那一套道貌岸然的道德体制，只能以自己的方式反驳、对抗。

同样是绝顶聪明，同样是自幼受到完备教育，同样有当世名师大儒指导，通晓历史，读遍经史子集，懂得如何明辨事理、辨析人臣之心，掌握处理政务的策要，论起来，康熙帝学习的内容和课业的繁重程度与万历帝是差不多的，但万历帝比康熙帝受到的制约要多得多，也无趣得多。

譬如，不管他多喜欢，张居正都会限制他练习书法，告诫他艺术的精湛对治国并无裨益。而康熙帝，可以保有他的兴趣，无论是书法、射猎，还是和一群满族少年在宫中练习“布库”（日后以此为奇兵智擒鳌拜），这无疑使少年玄烨的心智更为舒展健全。

以处理政事而论，明朝早期的几位皇帝都勤于政务，早朝之外还有午朝和晚朝。到了中后期，虽然早朝制度令皇帝和大臣疲惫不堪，终究没有人敢背离祖制，彻底荒疏朝政，只是采取了更便捷的处理方式——假太监和内阁之手。

万历帝御极之初，所谓御览奏章，只是在大伴冯保的指导下，根据诸位大学士的“票拟”做出批复。至于具体的处理意见，早已经由张居正为首的大学士们做好了，皇帝只需再用朱笔批写一遍，写上“如拟”“知道了”即可。直到万历十年（1582 年）张居正逝世之前，万历帝都是以这种方式履行皇帝职责的。他并未意识到有何不妥，在此之前，他对这位股肱之臣的信任是毋庸置疑的。

康熙帝十二岁大婚，第一任皇后赫舍里氏是他所爱之人。万历帝十四岁大婚，皇后和妃子都不是他所青睐的。前者成为皇后，只是为了让皇帝之后册立妃嫔的举动合法化；后者身为太后身边的宫女，虽然机缘巧合地被他临幸，为他生下长子——朱常洛，依照礼法被封为恭妃，却非他倾慕的女子。

皇宫里日复一日的单调生活和身边这些唯唯诺诺的女人，

丝毫不能为万历帝带来乐趣；而他所喜爱并终身为之不渝的淑嫔郑氏，还要再过几年才能和他相遇。此间，困居皇宫中的少年天子必须独自承担这无处不在的枯燥乏味。

## 伍

野史之中，通常会把非正位、出身寒微却备受宠爱、进而影响朝政的女子贬称为“妖孽”。正史虽然刻板一点儿，但同样喜欢用春秋笔法来评价这类女人，言辞之中不无鄙薄意味。

事实上，郑氏之所以受到特殊宠爱，绝不仅仅凭恃她的容貌。郑氏性格开朗，聪明机警，是个知情解意的女子。她和万历帝有着同样的兴趣和爱好，也有生活上的默契。她个性之中的果断坚毅，天然地弥补了万历帝本人不足为外人道的优柔寡断。郑氏了解他，敢于对他提出自己的想法和态度，而不仅仅作为一个随时待命的妃子，对他唯唯诺诺。私下里，她会用撒娇的方式去调侃，激励皇帝做决定：“陛下，您可真是一位老太太。”这使得皇帝对她生出了特殊的亲密和尊重。

万历帝虽然宠爱郑贵妃，但绝不允许她干政。在万历帝清算张居正之前，郑氏所引发的争议还没有那么大。毕竟皇帝再如何宠爱一个女人，只要不涉及国政，那都是皇家私事。张居正过世后，他生前所制定的土地政策存在诸多弊端，由此引发官员弹劾。随着弹劾官员的增多，万历帝看到了真相：他一直以来信任的首辅大臣原来如此表里不一。他严禁万历帝贪恋女色，不许他营建宫室、收敛珠宝，连他喜欢的书法都要禁止。而张居正自己却聚敛了大批珠宝、珍奇古玩、书法真迹，蓄养了大批绝色佳人，私生活奢靡到连他这个皇帝都瞠目结舌的地步。

相比张居正，万历帝的日子过得多么清苦乏味。想当年，十四岁的他在太监的引诱下，在西苑举行夜宴。只是一场宴会，已经令这个自幼备受拘禁的可怜孩子大开眼界，叹为观止。也是因为这场宴会，在太后和张居正知悉后，他险些被废去帝位。万历帝在太庙前跪了很久，又拟下种种决意悔过、永不再犯的条陈，这场“夜宴”风波才得以平息。

张居正才高绝代却刚愎自用，把持朝政数十年。上有太后支持，内有冯保联手，掌控了政务和朝廷人事的任免权。他还屡屡有僭越之举。而这些事，身处宫中的皇帝原先并不知情。

此时，皇帝觉得愤怒，开始怀疑自己。更令他愤怒的是，他发现这些在张居正死后一哄而上、意欲取而代之的臣子，本意都不是为了道德和正义，甚至不是为了他们赖以安身立命的国家。他们相互倾轧和指责，目的是为了谋取更高的地位和权力。这是一个多么荒诞的世界，这是一群多么道貌岸然的读书人！

紫禁城宫阙万千，但也只是华美壮丽的囚笼。由于体制礼法所限，他甚至不能自在地游猎，寄情山水，放松心情。他又天生不具备朱厚照那种任性和叛逆，所能信任和倾诉的知己，只有那个生活在翊坤宫的女子——郑氏。他们花前月下，俪影双双，把酒言欢，这已经是万历帝为数不多的放松时刻。

同样受礼法限制，但清朝要比之前的朝代进步得多，最大的进步体现在对皇位继承人的选择上——立贤不立长。而明朝，却坚定地奉行立长的规条。亦因此，郑氏虽备受宠爱，迅速晋位为妃，又晋升为贵妃，地位无人能及，她的儿子却没有资格继承皇位，仅仅因为这个孩子不是长子。

万历帝是隆庆帝朱载坖前三子中唯一存活的皇子，所以顺理成章继承了皇位。但当他想让自己与最爱的女人所生的儿子继承皇位时，却受到了前所未有的阻碍。主张立长子的大臣们，纷纷搬出礼法教条来扼制他，集体威吓他。

在册立储君的问题上，万历帝和康熙帝同样面临困扰，情况又略有不同。万历帝在与大臣的对峙中逐渐败下阵来，心灰意冷。而康熙帝晚年也确实与一帮野心勃勃、奇谋百出的儿子斗智斗勇，心力交瘁。想当年，金戈铁马，气吞万里如虎。到如今，看鬓染霜雪，精力不再。这种凄凉或许每个英雄老来都会有。

康熙帝乾纲独断，带领他的帝国步向巅峰。万历帝则懒于同道貌岸然、各怀叵测居心的大臣直面。他避居内廷，与自己深爱的女人和孩子相依为命。既然处处受制，做不到乾纲独断，他干脆采取“无为而治”的态度，图一个眼不见心不烦。既然摆脱不了当皇帝的命运，他就选择在紫禁城隐居。皇极门前，大臣们从此不见皇帝临朝理政的身影；乾清门，也不再为他们打开。

世人多怜宫女哀，谁又明晓帝王怨？没有人试图真正理解万历帝的想法和需要，他们奉为圭臬、津津乐道的是冷冰冰的礼法和教条。或许万历帝曾天真地以为，只要他坚持不上朝，只要他的示威足够坚定，大臣们终究还是会顺从于他。可是经历过嘉靖帝折磨的大臣们的内心已经空前强大了！你不上朝可以，只要你活着，身在宫里不逃跑就好。至于你住哪座宫，想什么，做什么，我们都不关心。反正你祖宗设计的国家机制足够严密完善，内阁理事，六部运转。太阳照常升起，我们照常上班。

万历帝尴尬了。他不上朝、不露面，但如果再放弃权力，就更无法实现自己易储的想法了。对峙仍在继续，万历帝在内廷继续当他的鸵鸟，而爱新觉罗氏已在塞外秣马厉兵。没有人知道，大明朝的希望已经随着这个原本资质过人、希望励精图治的年轻人内心的希望一起陨落了。

大明朝已不再年轻，而他亦不再年轻。这位中年就决心隐居的皇帝，除太后、嫔妃、子女和太监外，不想见任何人。偶尔见一下内阁辅臣，还要跟他们掐架。慈圣皇太后死后，万历帝的生活圈子更狭窄了。他晚年身体臃肿，深受各种慢性病的折磨，经常头晕目眩，腿脚也不便，离开郑贵妃几乎寸步难行。"一夜凄风到绮疏，孤灯滟滟帐还虚。"他在宫中并不荒淫，亦不无道。国政，懈怠了也就懈怠了，反正他本就只是个徒有虚名的君王。

没有人听见，他在深宫里深长的叹息，那是他对自己和一个时代的失望。没有人看见，他眼中光华泯灭的时候，塞外正火光簇簇、烽烟四起。声裂云霄的厮杀和战歌中，那马背上的民族正策马扬鞭，向中原奔来。

# 陆

而今我终要落笔，写这个清朝三百年间最勤勉的帝王——爱新觉罗·胤禛，也就是清世宗雍正帝。

康熙帝晚年的九子夺嫡，至今是人们津津乐道、勤加演绎的大戏。你稍留心就会发现，网络上有多少文艺女青年借着手中的一支笔，不辞劳苦，道尽对康熙帝及他的诸位皇子们的绵绵爱意。

那冷面王，不动声色、心如烟海的皇四子胤禛，更是这连番大戏不可或缺的男主角。他安忍如山，深藏如海，有君临天下的野心，执掌天下的能力，偏偏还有不肯轻易宣之于口的深情。对于他的争议不是今日才有，素来人们对他有诸多猜测，褒贬不一。然而，不可否认的是，以资质而论，胤禛是非常适合做皇帝的人。

纵观两千多年帝制，胤禛亦堪称最敬业的皇帝之一。顺治帝任性纵情，康熙帝宽仁威猛，乾隆帝风流自得。唯独他，为治理好这天下，整肃朝纲，不惮留下刻薄寡恩的名声。从清八爷党，贬十四弟，到囚隆科多，诛年羹尧，他弄权谋理直气壮，算人心渊深海映，犀利惹人惊，威猛不胜叹。他立足于他的命中，一世筹谋劳心，倾终生之力以不负上天所许这九五至尊的名位。

追述雍正帝的政治生涯，在九子夺嫡的凶险年代，他每一步都仿佛行走在刀刃断崖，稍有闪失就万劫不复，一旦失势就很难东山再起。做皇子时，他韬光养晦，小心谨慎，打消康熙帝的疑虑，从诸皇子争位的乱局中步步为营，脱颖而出。为帝之后，雷厉风行，杀伐决断，不畏人言。他用十三年的时间，殚精竭虑，承前启后，为“康乾盛世”打下了坚实基础。

彼时，雍和宫是胤禛的潜龙在渊之地，他选择在此蛰伏。康熙帝的诸皇子中，比他得势获宠的大有人在，开始的太子胤礽，中期的皇八子胤禩，后来的皇十三子胤祥和皇十四子胤禵，甚至包括早逝的皇十八子，都比他有情感上或政治上的优势。康熙三十七年（1698年），皇帝第一次大封皇子，皇长子、皇三子都受封为郡王，胤禛仅受封为贝勒。早年间，康熙帝对胤禛评价也一般，曾言：“朕于阿哥等留心视之已久，四阿哥为人轻率……喜怒不定。”这个考语还被记在《起居注》中。

之后，在康熙帝第一次废太子时，胤禛与胤禔、胤礽、胤祺、胤祥一起被拘禁，他虽旋即被开释，但对大阿哥胤禔和十三阿哥胤祥的监禁还是给了他很大触动。此后，他更加谨慎。面对虎视眈眈、野心勃勃的兄弟，面对天威难测、圣心难断的父亲，他领悟了“争是不争，不争是争”的道理，韬光养晦，以亲近佛法来隐匿野心、结纳兄弟，使他们对己不起猜忌；同时事父诚孝，适当展露才华，以实干忍让和处事得当来获得信任，避免陷入党争。

康熙六十一年（1722 年）冬，康熙帝在热河和南苑行猎之后“偶感风寒”，在畅春园休息，命皇四子胤禛往天坛代行冬至祭典。十一月十三日凌晨，康熙帝病情恶化，至夜间猝然逝世。隆科多宣读遗诏。几天后，胤禛在太和殿登极，年号“雍正”。

当其时，八爷党尚未肃清，随时有可能制造大乱，举朝官员拭目以待，姿态暧昧。弟弟胤禵态度强横，母亲乌雅氏一心偏爱幼子……父亲留下了一个外表繁荣、内在亏空巨甚的王朝。他是登御座皇位未稳，掌江山天下待定。我知他在九重宫阙，必定内外交煎，忧心忡忡。

他即位之后不久就开始有流言盛传，说他矫诏篡位，说康熙帝原本属意传位于皇十四子胤禵。此言可以敲定为权力集团别有用心的中伤和失意文人兴高采烈的跟风。而后世百姓不明所以，以讹传讹。清朝诏书都是用满、汉两种文字书写，难以篡改。此外，传位诏书均写为“传位皇某子”，如将其中的“十”字改成“于”，成了“传位皇于四子”，就读不通。更何况，清代的诏书中“于”字写作“於”字，根本无法篡改。

鉴于自己即位之后流言甚嚣尘上，亦为避免儿子日后再遭遇同样的尴尬争端，雍正帝更新了皇位继承制度，第一个采用秘密立储制，早早将即位诏书安放在乾清宫“正大光明”匾后。《清宫词》有诗云：“思子无台异汉皇，皇孙终老郑家庄。从今正大光明殿，御管亲书禁匾藏。”他要留给弘历的，不单是充盈的国库、清平的吏治，还有无可争议的名位。是以，他导致皇三子弘时抑郁而死，落下心狠的骂名，也要力保弘历即位无碍，免却日后兄弟相争的尴尬。这亦是他不曾宣之于口的苦心。

康熙帝驾崩之后，胤禛在月华门外的养心殿守孝二十七个月（他又额外素服持斋三年），孝满本应回乾清宫居住，但他表示：那是“皇考六十年所御”“心实不忍”。他执掌帝位之后，为表达对父亲的哀思敬重，不住乾清宫，移居当时陈设简单的养心殿，意在勤俭，为天下人表率。此后，他一生的大部分时间都在这里。

养心殿在乾清门西侧，是连接前三殿（太和殿、中和殿、保和殿）和后三殿（乾清宫、交泰殿、坤宁宫）的重要枢纽。养心殿建于明朝嘉靖年间，清初顺治帝病逝于此，后乾隆帝、同治帝亦逝于此。

康熙年间，养心殿曾经作为宫中造办处的作坊，专门制作宫廷御用物品。自雍正帝居住后，造办处的各作坊逐渐迁出，至乾隆年间加以改造、添建，这里就一直作为清代皇帝的寝宫，并成为皇帝召见群臣、处理政务、读书、学习、日常起居的核心之地。他赋予了养心殿全新的政治价值。直到逊帝溥仪出宫，清代有八位皇帝先后居住在这里。

养心殿之名出自孟子“存其心，养其性，所以事天也”的句子，意谓涵养天性。皇帝在繁乱的政事当中，更要时时保持清醒，保持心地明澈，才能方寸不乱，处事分明。

养心殿前殿为处理政事的地方。御座设在明间正中，上悬“中正仁和”匾，为雍正帝御笔。宝座后设有书架，藏有历代皇帝有关“治国”经验、教训的著述，专为传给新皇帝阅读。一些官员在提拔、调动之前，常被本部堂官领到这里觐见皇帝。皇帝有时也在这里接见外国使臣。

后殿是皇帝的寝宫，共有五间，东西稍间为寝室，各设有床，皇帝可随意居住。除了被宣召的后妃和随侍太监，任何人不得随意出入寝宫。正间和西间是休憩的地方，最东间是皇帝的卧室，室内不算豪华，但陈设用物细节处处动人，繁而不俗。

后殿两侧各有耳房五间，东五间为皇后随居之处，西五间为贵妃等人居住。同治年间，慈安住在养心殿后殿耳房东侧的“体顺堂”，慈禧住在西侧的“燕禧堂”，于前殿临朝听政，十分方便。想来，辛酉政变，诛杀肃顺党羽的决议亦是在此，这之后才有了慈禧掌国近五十年的“垂帘听政”。

“东暖阁”面西设着两个宝座，悬挂黄纱帘。这里曾经是同治年间两宫皇太后垂帘听政处，现陈设仍保持当年原貌。“西暖阁”被分割成几个小间，其中稍大一间悬着雍正帝所书“勤政亲贤”匾，是皇帝批阅奏折，以及同军机大臣商议军政的地点。

世人皆知的“三希堂”在养心殿的西套间中，原是皇帝的书房，后为乾隆帝收藏王羲之《快雪时晴帖》、王献之《中秋帖》、王珣《伯远帖》的地方。因有这三件珍宝，乾隆帝将此处命名为“三希堂”。

建極綏猷

同时，雍正帝亦是一位很有艺术修养的皇帝。清宫的官器粉彩和珐琅彩在他手中绽放了光彩。造办处每每呈上器物和奏折，他都会用朱笔细细御批，指点精要，或叫来主管官窑的官员与之讨论，督促进度。他还让画师为自己画了一组《行乐图》，图中的他游猎、读书、钓鱼，戴着渔翁的斗笠，怎么看都不像个冷面君王。比起他儿子乾隆帝的逍遥、风流，他只能在忙碌的闲暇中臆想一番，自娱自乐。

深夜读他的《仲秋有怀》，自有一番情意入怀。

翻飞挺落叶初开，怅怏难禁独倚栏。
两地西风人梦隔，一天凉雨雁声寒。
惊秋剪烛吟新句，把酒论文忆旧欢。
辜负此时曾有约，桂花香好不同看。

他的诗不算好，但我爱他这句“辜负此时曾有约，桂花香好不同看”。只此一语的缱绻深情，已胜却无数的琐碎诗文。此时，我思及他。不知在彼时的仲秋月下，他思念的那个人又是谁？我知，以他的心思深隐，他会怅然一笑，却断断不肯言明。他心里的苦，是为母子不睦、兄弟不谐，还是为尘事难清，一身重担却天不假年？

## 柒

叩响那扇历史的门，步入光阴深处。每一位皇帝一生的线索都很好追索。紫禁城的“如常”，隐埋了无数的“无常”。无论是哪座宫殿，无论多么壮阔、气派、华美，都一样有着一言难尽的过往。

雍正帝入主紫禁城之前所居住的雍和宫，亦是我在北京最常去的地方。一则因为它是藏传佛教的寺庙，可以常去静思参拜；二则因为这里的一草一木，虽经岁月播迁，诸般变换，冥冥中似仍留着他的气息。那微妙的，执着的气息。

有一幅故宫影像，宫门微开，透出一线明光，一位帝王茕茕孑立，剪影苍凉。这样的情态，让我思及胤禛。历史的细节零落，而他背影斑驳。这是我心头的剪影，亦是时间深处的背影。

念想中，殚精竭虑、勤于政务的他，少不得从暗夜沉沉忙到天色欲晓，偶尔放下朱笔，独自向隅。他是那样累。早年间，他曾对心腹戴铎半真半假地说过：“况亦大苦之事（指为帝），避之不能。”而今他避无可避。

泛彼柏舟，亦泛其流。耿耿不寐，如有隐忧。微我无酒，以敖以游。

我心匪鉴，不可以茹。亦有兄弟，不可以据。薄言往诉，逢彼之怒。

我心匪石，不可转也。我心匪席，不可卷也。威仪棣棣，不可选也。

忧心悄悄，愠于群小。觏闵既多，受侮不少。静言思之，寤辟有摽。

《诗经·邶风·柏舟》如此确切地表明了他的心意。诗中失意的君子大臣可以泛舟其流，以敖以游；可以独步山水，寄意林泉，长吟以纾解内心的抑郁，他却连那点儿自由都没有。他要熬住，连心意也要善加隐藏，不能被人窥破。奈何生在帝王家，奈何身为天下主。但他终将证明给天下人看，他是何等的名正言顺、当之无愧！

一叶舟轻，双桨鸿惊。水天清、影湛波平。
鱼翻藻鉴，鹭点烟汀。过沙溪急，霜溪冷，月溪明。
重重似画，曲曲如屏。算当年、虚老严陵。
君臣一梦，今古空名。但远山长，云山乱，晓山青。

——苏轼《行香子·过七里濑》

第五品

○

# 衰荣

## 承乾宫

位于坤宁宫东侧，作为内廷东六宫之一，取“体承上意”之意，意谓做妃子的不可违逆皇上。

## 董鄂妃

她在皇宫里尽的是为妻的本分，用蕙质兰心回报他的钟爱，担当起管理后宫的重责，承担起天下人对她的误解和质疑。爱情本身是没有对错的，无奈她的爱人是皇帝。董鄂妃逝后不久，顺治帝于养心殿驾崩，年仅二十四岁。从此，世间既无董鄂氏，亦无须再有福临。

## 壹

当坤宁宫出现在眼前的时候，我忽然感到巨大的压抑和莫名的悲哀。

正如乾清宫的“乾”象征天，坤宁宫的“坤”则象征地，是明朝皇后的寝宫。到了清朝，坤宁宫被改为祭神之处，皇后并不住在这里，仅在去交泰殿受贺之前来这里休息一下。但为了沿袭皇后正位中宫的制度，洞房仍设在这里。大婚时，皇后在坤宁宫的东暖阁洞房一般只待两三天。之后，皇帝回到养心殿，皇后可自由选择东西六宫中的任何一座宫苑居住。

坤宁宫虽然基本上是明代建筑，但在清代有很大改动。明代的坤宁门在清代顺贞门所在的地方；今天的坤宁门在明代是一道围廊，叫“游艺斋”，与御花园相接。明清两代坤宁宫的内饰也大不相同。清代坤宁宫的室内格局完全依照沈阳故宫——清宁宫的样子，保留着一部分满族的风俗习惯。室内顺着山墙有前后檐通连的大炕，窗纸糊在窗棂外面，在炕上祭神，炕沿鼻柱上挂着弓矢。

被命运投掷到紫禁城中的女人们，内心最大的梦想无非是有朝一日凤翱九天，登上皇后的宝座，与那男子并肩立于万人之上。但一入宫门深似海，能脱颖而出、身得荣宠的永远只是一小部分。即使晋为妃嫔，在宫中有了一席之地，亦非一劳永逸。竞争是残酷的，而且是永久存在的。

宫中的女子分住于内廷东西六宫中，十二宫苑中女子为数不少。据统计，明朝的宫苑即使在最乐观的竞争下，每一宫的妃嫔也要击败近九个对手才能入主一个宫殿。清朝，从最高级别的皇后到最低等的答应，无论是待遇还是地位都有云泥之别。

入得宫来，也不是立刻就能享锦衣玉食，荣华富贵。对一般的宫女而言，只是基本的生活水准较寻常人家更有保障而已。但宫规琐细，出错受罚是家常便饭。妃嫔虽然地位较宫女有提高，但言行举止同样受限，若无足够的力量自保，又不幸才貌出众遭人嫉恨，想全身而退或是善终都难。

除却一些得天独厚的女子，寻常女子想登上皇后的宝座也是难上加难。但在那种特定的历史环境下，成为皇后，似乎是一个女人一生所能获得的最高尊荣和地位。

亦有不愿成为皇后的女子，比如顺治帝的董鄂妃。当皇帝坚持废后，改立她为后时，她坚辞不就，不恋皇后名位。

董鄂氏清醒自知，自己已是宠冠后宫，集内廷恩怨于一身，若再一心求进，不知收敛，怕是更遭嫉恨。更何况，她要的是夫妻情真，不是皇家富贵。执手相看的宁静浩大，远胜于万人之上的虚妄荣光。

## 贰

董鄂妃去了。

位于坤宁宫东侧，作为内廷东六宫之一的承乾宫（取“体承上意”之意，意谓做妃子的不可违逆皇上），此刻成了爱新觉罗・福临心中的禁地，无人可以擅自踏足。

阳光惨淡地照在宫墙上，将福临的影子拖得极长。摈弃了随从，他独自走到这地方。若不是身上穿着黄袍，身为帝王的威严还支撑着他，此刻的他同那些潦倒街头、失魂落魄的人无甚区别。

春天到来的时候，跨过那道宫门，抬头看到院内盛开的梨花。一阵风过，似雪非雪，纷纷扬扬。他又看到她了，心知不是幻觉。她曾在这世上伴他四年。相濡以沫，深爱一场，怎会是幻觉？

可又怎么不是幻觉？她人已不在了。

他无法逃避这悲哀的事实，却又觉得无时无刻无处不能看见她。一朝亡故，使她彻底占据了他的世界，遮蔽了他的天地。

她曾居住的宫殿幽凉深静，一切宛如昨日，厮守的日子还很长很长……

微风掠过，雕花床上锦帐隐隐起伏，似水波摇撼。那些快乐的、悲哀的事，重重叠叠，潋滟不绝，一桩桩、一件件都明晰起来。

开门见到外面阳光盛烈，凡有感情的哀乐事，都在这阳光下蒸散了。

他坐在这里，像一生已过几度秋凉。

承乾宫梨花飘零如雪，似这一世竭尽心力护持，犹不得长续片刻的情分。聚散别离，都有尽数。任他身为天下主，亦无力改变和挽回。

这旷阔的深宫，他生活了十几年的地方。而今，无处没有她的影子、气息，尤其是这里——承乾宫。在她之前，谁住过这里；在她之后，还有谁能住进这里，皆已不为福临所想。

董鄂氏十八岁入宫，依例已过了参选秀女的年纪，可福临不管不顾，执意召她入宫。顺治十三年（1656 年）八月，董鄂氏甫一入宫即被立为贤妃。仅一个月后，被晋为皇贵妃，名位仅在皇后之下，行册立礼，颁赦。

且不论董鄂氏晋封速度之快如何令人瞠目结舌，单是为册立皇贵妃颁诏大赦天下，已是明显与礼制不合。福临却顾不了许多。虽然在孝庄太后的竭力反对下，他不能如愿立董鄂氏为皇后，但这些许阻挠丝毫改变不了情深忘我的皇帝向至爱的女人表露心意——给她皇后的礼遇。他天真地以为，全心全意的爱能庇护心上人周全。孰料，送她至万人瞩目的高度，却是迫她孤寒。

她逝后，他写下几千字的《孝献皇后行状》，巨细靡遗，情思绵绵。让我记忆犹新的是，参禅时，她一再追问他："一口气不来，往何处安身立命？"百年之后，我这个旁观者从中读懂了她的无奈和不安，心下恻然。她是在问他呀，若有一日死亡进逼，你我离散之后，将身归何地，情归何处？而彼时沉浸在欢愉之中的福临懂吗？

中国的言语之中有许多伤人甚深的字句。董鄂妃令我想到的是“情深不寿，慧极必伤”。迥异于许多沦落后宫的女子，董鄂妃内心纯粹清淡，不是利欲熏心的女人。当福临执意要立她为后时，这聪明的女子固辞不受，反问他：“陛下是要把臣妾置于火炉上炙烤吗？”

她是真的没有野心。她在皇宫里尽的是为妻的本分，兢兢业业做好每一件事，把握好每一丝分寸，照顾好每一个人。她活得太周全了！周全到孝庄皇太后也无法真正讨厌她。她素来为他所钟爱，她亦用蕙质兰心回报他的钟爱，担当起管理后宫的重责，承担起天下人对她的误解和质疑。

爱情本身是没有对错的，无奈她的爱人是皇帝。这让她别有一种凄凉，一入深宫，她就必然要承担与他相爱的压力。别羡慕三千宠爱在一身，这种压力，不是普通女子可以承受的。董鄂氏的到来，让宫中其他女子如临大敌，整个紫禁城都在为之紧张。她们从此形容冷淡，黯然失色。任她们做得再周全，再大度，福临的全副身心只在她一人身上，这是有目共睹的事实。

真爱是排他的。福临在为董鄂氏所写的祭文中，不单诉说了董鄂妃的诸般好处，还顺带历数了已经被废的皇后——蒙古科尔沁卓里克图亲王吴克善之女博尔济吉特氏的诸多劣迹，譬如骄纵、善妒、性喜奢靡。骄纵、善妒、性喜奢靡，其实也不算大过吧，如果他爱她！

继任的皇后小博尔济吉特氏亦不为福临所喜。福临嫌弃她愚钝、木讷，不是讨他欢喜的灵巧女子。若不是孝庄太后的压力和董鄂妃的以死相谏，福临亦准备废掉这个无甚过错的皇后。在他的爱情里，从来就没有她的戏份，她却顶着一个虚名，为他尴尬地奉献出自己的一生——见证他和董鄂妃“旷世不渝的爱情”。

我能够理解少年天子的悲哀，太多事备受掣肘，不容他做主。生前是大清草创，根基未稳，御座下，清朝贵胄虎视眈眈；死后烽烟四起，明朝旧属尚在江湖为祸。在福临看来，自己不过是一个顶着皇冠的傀儡，身不由己，心力交瘁。遇见董鄂氏之前，连他自己的感情都任人左右，难以自主。是她的到来，让他觉得帝王权位之外，人生还有值得追寻的事。他们是彼此灵魂的皈依，如知己一般的爱人，令他感受到生命的洁净无瑕。爱，让他有了与外界对抗的力量。

有野史说，董鄂氏是襄昭亲王博穆博果尔的福晋，因入宫觐见邂逅福临，两相钟情。这种说法不足以全然采信。但可以确信的是，董鄂氏身为八旗名门闺秀，有机会与福临相见。相见之后，正如那词人所云：“金风玉露一相逢，便胜却人间无数。”

一定会有这样的人、这样的爱，你看到她时，就觉得世界都亮了，都干净了。怀着温柔而虔诚的心，只想着靠近她。在那一刻，世间的烦嚣、尘埃都如烟尘般散尽。一想起她来，整个人就像荷叶蓄满了雨露，摇摇荡荡要泼出来一般。“一点相思几时绝，凭阑袖拂杨花雪。”隔着深远的红墙，延续着思念。他们的爱恋虽历经波折，但终于还是如愿在一起了。

他是历代帝王中佛缘慧根极深的一位，亦教她参禅学佛。于是她有了“一口气不来，往何处安身立命”的疑问。她的眉目里有着清淡的哀愁，眼睛像遥远天际的明亮星辰，欲坠未坠。她微暖的笑意，又像是星的微光从他眼前划过。

当时的他，只是笑而不语，却不料，这是她参禅礼佛所悟的心结所在。纵然她拥有他全部的宠爱，身在这紫禁城中，过着鲜花着锦的生活，她亦是长存谨慎和不安的。她暗藏心事，这心事正源于眼前过于浓稠的恩爱，这不安来自对未来的疑虑，对人生结局的困惑。此时之死靡它，到那时，可会是孑然一身的孤凉？想来，在那样两相温存、花月相谐的时刻，她已然比他更敏感地觉察到好物难坚、情深不寿的道理。只是，她不忍道破，怕拂了他的兴。

好景不长，再轰轰烈烈的爱，终抵不过无常索命的严逼。四年的宫闱生活，这素雅如梨花的女子日日如履薄冰，耗尽了心力，终于承受不住丧子之痛，香消玉殒。她终究还是先他而去了，而他的世界也随着她的离去而崩塌……

他对这个世界再无感觉，唯一能感受到的是存于这寂灭的空中兀自翻涌不息的痛——剧烈如火、焚心蚀骨。黄袍披身，安抚不了他漂泊无依的精魂；御座威严，难承他心散神摇的哀痛。皇朝天下，枉有红颜无数，却再寻不到一个心神相契的她。

一切都癫乱了。万物寂灭。

宫墙夹道的永巷中，常常有风吹过，呜呜作响，仿佛悲鸣。那究竟是风的呜咽，还是人的哀叹？这一世悲欣交集。白首偕老，只是幻梦一场吗？

真正的空，是一种什么样的感受？事到如今，谁来问他“一口气不来，向何处安身立命”？谁来告诉他，没有了她，他又将往何处安身立命？人世茫茫，生如寄旅，何处方是彼岸？三生石畔，奈何桥边，先饮孟婆汤，跨过桥的人会不会已忘却了前生的恩爱？从来，铭心刻骨的爱与痛与他人无关，只和自身相关。

董鄂妃逝后不久，顺治帝于养心殿驾崩，年仅二十四岁。野史说他是出家为僧，是真是假不重要，重要的是，世间既无董鄂氏，亦无须再有福临。《清宫词》咏董鄂妃与顺治帝事云：

"双成明靓影徘徊，玉作屏风壁作台。薤露凋残千里草，清凉山下六龙来。"

## 叁

有人说，外朝是正史，内廷是野史。这话并非百分百准确，却更让人兴味盎然。

相比于外朝，我更流连于内廷。对每一处宫院，每一扇门，乃至每一处陈设都充满兴趣，喜欢在历史的轮廓和框架之内，用理解和想象去处理情节，丰富、完善细节，犹如电影的创作和剪辑，煞是快意。

宫苑深深，繁花映月，穿殿过廊、浮光掠影中，总能于不经意间发现时间深处的一树花开，似是故人来。再惨烈的宫斗，再黯淡的生活，都有温柔可采撷。惊心动魄、心碎欲死的波折动荡之后总藏有忠贞和信义，这人世大信不仅属于古人，也依然存在于今人的内心。

儿时爱看古装剧，醉心于宫装女子——霓裳羽衣，裙裾飘飘，娇颜如花，眼波带露，纤腰柳摆，低眉扬袖间，已倾了国倾了城。"云想衣裳花想容"，那美貌之下隐藏的欲望和用心，咄咄逼人，令人不禁怦然心动，又忍不住黯然神伤。想起那句诗："长恨人心不如水，等闲平地起波澜。"

盖因明朝皇帝大多个性鲜明，皇后们反而显得暗淡无光，大多际遇平平，似是坤宁宫的摆设，挨到死不过换得一个冷冰冰的谥号，真真应了"红颜未老恩先断"。倒是几个"奸妃"活得姿态盎然，不甘寂寞，在整个历史舞台上煞是抢戏。

明末的三大案"梃击案""红丸案""移宫案"无不与内廷后妃有关，牵连国祚。万历帝的长子——明光宗朱常洛是前两案的男主角，他的儿子明熹宗朱由校则是"移宫案"的男主角。

朱由校热爱木工与建筑，是空前绝后的"木匠皇帝"。他心灵手巧，营建水平之高能工巧匠亦不能及，这恰与他治国方面的低能形成鲜明对比。史载，朱由校经常带领太监在皇宫内大张旗鼓地盖房子，亲自设计、施工。他若早生两百年，在他的先祖永乐帝肇建紫禁城之初，必能与当时最著名的建筑师——紫禁城的总设计师蒯祥引为知己。他若晚生几百年，以他的奇思妙想和层出不穷的设计灵感，极有可能成为一个著名的建筑设计师。可他偏偏生不逢时地当了皇帝！

与他早死的父亲朱常洛相比，朱由校是个不折不扣的傀儡皇帝，一个自得其乐的怂人。但他的皇后张氏，却是历代皇后中可圈可点的人物。她一生的经历和作为，堪为礼教尊奉的皇后典范。为避免外戚为祸，明朝对后妃的家世背景并无太多要求，对宫女太监的要求更低；一般而言，只要清白即可。张皇后是河南祥符县生员张国纪之女，出身也仅是读书人家；但她入宫之初，就因教养良好给人留下举止端庄的印象。

朱由校自幼由乳母客氏带大。朱由校即位之后对客氏极度宠幸、依赖，几乎是有求必应，言听计从，并连带着宠幸她的对食太监魏忠贤。魏忠贤虽然善于逢迎，但若无客氏，亦不会有他日后的权势滔天。客、魏二人沆瀣一气，把持朝政。明之亡，外患、阉祸、党争、叛乱，原因错综复杂，但此二人的推波助澜不可不提。

张皇后入宫之前，客氏已盘踞宫中多年。她被封为“奉圣夫人”，可以自由出入宫禁，居住在外西路的咸安宫（寿安宫），隐隐以太后自居。一个徐娘半老的女人，身份还是乳母，却能如此受宠，其程度远胜于后妃。无怪乎有野史说，朱由校与客氏之间存在一种很畸形的感情。

皇帝成年后，碍于众议，客氏曾被短暂遣送出宫。那一天朱由校痛苦不堪，自述：“朕思客氏朝夕勤侍朕躬，未离左右，自出宫去，午膳至晚通未进用。暮夜至晓臆泣，痛心不止，安歇毋宁，朕头晕恍惚。以后还着时常进内侍奉，宽慰朕怀。”由此亦可得知，他对客氏的感情绝非报恩这么简单，其情状更似相思不舍，和唐玄宗某次遣返杨贵妃之后的反应如出一辙。

史载张皇后容貌端丽，举止娴雅，选入宫中时被朱由校一眼看中，客氏和魏忠贤阻拦不及。自从张皇后位正中宫，客氏就如鲠在喉，势必除之而后快。幸而昏聩的朱由校虽然专注于木艺创作，任由客、魏二人把持朝政，但对张皇后还是有感情并且尊重的；也正是因为有他护持，客、魏二人才不敢过于明目张胆。饶是如此，客氏还是暗遣宫婢假借捶背之机，暗下重手，致使张皇后流产，从此不育。

当时，偌大宫闱，腥风血雨不绝，达到了历代宫斗的高潮。遭逢毒手的何止张皇后一人？朱由校的后妃亦深受其害。张裕妃以直烈忤客、魏，被幽闭于冷宫中断绝饮食，活活饿死，死时尚有身孕；冯贵人被矫旨赐死；李成妃曾借侍寝之机替其他被贬的妃子求情，招来客、魏二人的忌恨，被幽闭在长春宫中断绝饮食，幸好她早有防备，平日在檐瓦中藏了食物，虽免于一死，却仍遭贬谪，至崇祯帝即位后才恢复位号。凄风苦雨中的坤宁宫，张皇后的中宫之位形同虚设，生活之窘迫令人难以相信，凄苦不啻冷宫。皇后的名位不曾为她带来荣光，反而置她于危险境地。

客氏自知名不正言不顺，不能在名位上与皇后相提并论，便一心想从别处弥补。她每一次出宫返家都排场极大，必要用顶级的规格，盛服靓妆，燃沉香如雾，清尘净道更不在话下；还要乘轿骑马在紫禁城晃悠半圈，形同帝后出行。她用这种方式示威，宣告她才是紫禁城真正的女主人。

面对客氏的挑衅，可以想见张皇后是多么屈辱和尴尬！又要有怎样的情商和定力才能忍下不提。碍于客、魏二人权势太盛，张皇后只能寻机劝谏，善加引导。有一次，朱由校到她的宫中来，张皇后正在看书，他问她在看什么书，张皇后说是《史记·赵高传》。朱由校虽然文化程度不高，人却不笨，听后半晌不语。

朱由校这样的丈夫，对妻儿接二连三的夭亡视而不见、听而不闻，昏聩如斯，她还能指望谁？多年宫闱生活的磨砺，尤其惨遭客、魏陷害之后，张皇后更为谨慎静定，平素避其锋芒，谨言慎行。与客、魏冲突时，她都隐忍不言。一旦涉及国家大事，她却慷慨陈词，寸步不让。她的争，不为自身。她的所作所为，亦不是狭隘的嫉妒，挟私报复。一个女子，在遭受了多年的折磨之后，还能秉持信念，以天下苍生为念，坚持道义，这是可敬之处。

天启七年（1627年），朱由校病危，魏忠贤想继续把持朝政，用自己侄子的孩子冒充皇子继承皇位，逼迫张皇后胁从。张皇后毅然回绝道："从命是死，不从命也是死，不从命而死，死后还有面目见列祖列宗。"魏忠贤无奈，只好放弃这一计划。

在她的启发下，朱由校最终下定决心把皇位传于其弟——信王朱由检——即后来的崇祯帝。朱由检害怕招来杀身之祸，竟不敢继位；又是张皇后出面，说服朱由检。面对皇嫂的凛然大义，朱由检终于不再犹疑。

崇祯帝朱由检即位之后，张皇后被迎到紫禁城外东路的慈庆宫颐养天年，说是养老，也不过是人到中年，和当时正位中宫的周皇后年纪差不多大。帝后对她尊敬有加，朱由检每次去请安，叔嫂都要隔帘问安。此时的宫中终于不像天启年间那样乌烟瘴气，她也终于可以松一松心，过过平静日子了。

毕竟，这已不是熹宗朝，属于她的年华已经褪尽，她和她故去的夫君一样，代表着一个过去的时代，只能作为标本——一个称号留存于人们的记忆。人们想起她时，会不由自主想起两个字——"前朝"，唇齿之间都带着年华衰败的朽气。她纵然活着，亦如死了一般，但亦只有这样才能获得长久以来梦想的和平安宁。

崇祯十七年（1644 年），李自成攻破京城，三十三岁的崇祯帝自缢于煤山（今景山），张皇后亦自缢殉国。

纵观这女子，生，不负于义；死，不亏于节。这看似悲剧的结局，却让人松了一口气。从此告别紫禁城，告别坤宁宫，告别那个糟糕透顶的时代，做一只真正的凤凰，涅槃重生，展翅高翔。如果有来生，就做一个自在被爱的女子，遇一个心量相当、言谈相契的丈夫。不用身家显赫，不必功成名就，安贫乐道直至白发齐眉，此生足矣。

## 肆

相比于清朝，明代的后妃多数下场凄凉。明英宗以前，因有嫔妃殉葬制度，皇帝死后很多嫔妃都陪葬了，所以紫禁城内原本没有给太后、太妃嫔养老的宫殿。明英宗下旨废除了殉葬的旧制，并在紫禁城东北部修建了仁寿、慈庆等宫。

康熙二十八年（1689 年），荒废的慈庆宫被翻建为宁寿宫，最初是康熙帝为自己的嫡母孝惠章皇后（顺治帝继后小博尔济吉特氏）颐养天年所建，后来乾隆帝在此基础上营建了宁寿宫区。到光绪年间因慈禧太后居于此，又予以重修。几经修缮的宁寿宫区，终成紫禁城外东路一处面积相当大、形制规格很高的独立宫区。

而紫禁城外西路的慈宁宫，原是嘉靖帝为奉养其母蒋太后所建。万历十一年（1583 年）因火灾被毁，万历十三年（1585 年）重建。顺治十年（1653 年），清代第一任太后孝庄皇太后博尔济吉特氏入住，在此度过四十四年的时光。

晨光越过宫墙落下来，太后的宫苑整肃宁静，温暖明媚。遥想那前朝、内廷的争斗，竟似是斜阳巷陌的流光一线，映着桃花人语。

前半生烟水朦胧，风摧浪迭，到如今，独倚栏杆。回首月明处，那半生磋磨，思来浑如阶下春草，不过是渐行渐远渐无踪，竟有些淡看荣辱繁华的逍遥。

但我想，能走到这里安享晚年的人，必是大大小小熬过了九九八十一难，躲过了无数明枪暗箭，经过了几次死里逃生。谁人不曾刻骨铭心，几经沧海？

能活着住到这里的人，未必是上了年纪的，但大多都是有经历的人。

康熙朝，孝庄太皇太后居于慈宁宫，孝惠太后居于宁寿宫。康熙帝自幼丧母，对这位嫡母的感情很深。这位孝惠章皇后（小博尔济吉特氏）一生忍辱负重，形容黯淡。即使在她被迎立为皇后时，也遮蔽在前废后静妃（大博尔济吉特氏）的怨怼、顺治帝的漫不经心和董鄂氏的绝代风华之下，形同虚设。

不能说她不聪明，不能忍，不识大体。在顺治帝不顾天下人侧目大秀恩爱时，在董鄂氏让六宫粉黛无颜色的恩宠面前，她默默承担着皇后的虚名，直至耗尽了一世芳华。她是生活在夹缝里的可怜人。她到来时，连配角都算不上，配角应是她的姑姑——顺治帝的原配——那位号称性格乖张跋扈，与顺治帝性格不合，不能善处的蒙古格格；而主角，自然是才貌无双的董鄂妃。

后来被废居在永寿宫的静妃，彼时尚有一争的底气和余力，毕竟顺治帝与董鄂妃相识相恋，是在明媒正娶了她之后。而之所以娶她，明摆着是孝庄太后为政治考虑，执意要笼络蒙古各部，推行满蒙联姻的惯例，也是为了延续她娘家蒙古科尔沁部博尔济吉特氏家族的荣耀。

从她被迎入大清门的那一刻起，那雪山草原已离她远去，成为记忆中的一抹底色。从此再听不见情歌高亢、马蹄清亮，再回不到那泛着酒香奶膻的帐篷……紫禁城再大，怎大得过草原的广袤无垠？禁宫纵然千灯如月，又怎比得过塞外星辰的真实璀璨？

纵然她从此以后都生活在万人中央，可这嶙峋宫墙已割断她蹁跹的念想。这蒙古草原上自由自在的公主，本可闲云野鹤般生活，现在却如同被折翼的仙鹤。这累累高墙，禁锢的不只是她的感情，还有她一生的自由。入得宫来，这一世就已尘埃落定。前路虽不明，但“自由”已是奢谈。

人生总是这样，有时让人感伤太短，有时又让人痛恨漫长。若只是嫔妃宫婢，失宠了也没那么引人注目，可叹她身为皇后，却从一开始就毫无恩宠可言。她就这样守着皇后的名位，看孤灯清影，红烛滴泪，有谁可知她心中倦累，幽恨深长。

唐人的宫怨诗里这样叹道：“泪尽罗巾梦不成，夜深前殿按歌声。红颜未老恩先断，斜倚熏笼坐到明。”那是失宠的宫人在幽歌，暗想当日的荣宠，感慨君恩易断。想来，人家到底还是有过一两日的恩宠可追；而她，除去寂寞，一无所有。

有时候，对一个人过于钟情就势必会对另外一些人残忍。顺治帝为了将心爱的女人扶上后位，绞尽脑汁地想废后，任小博尔济吉特氏怎样委曲求全，硬是被他挑出毛病来。顺治帝斥责她在孝庄太后重病期间未能尽心服侍，有违孝道，并因此停了她的中宫之职，不让她管理后宫事务，仅仅保留了皇后名号。

她其实未必在意能否主理后宫，皇贵妃董鄂氏才是真正的皇后，这一点她早已知晓。她委屈圆融，安分随时，退让之心已然非常明显。可是，顺治帝仍要步步进逼，若非孝庄太后挺身而出替她说话，她不单后位不保，怕是还要落个不孝的罪名。

恕我愚钝，无论如何都想不出她不善待孝庄太后的理由，毕竟，孝庄太后是她在这千里之外的陌生宫院唯一可以依靠的亲人。一旦孝庄太后有个三长两短，以顺治帝的刚愎任性，第一个倒霉失势的可能就是她。数十载光阴过手，紫禁城中亲情稀薄，纵然当初是孝庄太后做主选了她做福临的妻子，令她堕入这悲惨无望的生活，可孝庄太后毕竟呵护着她，以她的睿智、坚毅教会她如何独自对抗这人世的惨淡。如果这是她们注定根脉相连的命运，她庆幸有她相陪、受她指引。她怎能不敬重她！

孝庄太后是过来人，她见证了大清的草创、兴盛，也目睹过皇太极对宸妃的痴心一片。而彼时的孝庄还只是永福宫的庄妃，也和今日的小博尔济吉特氏一样，在皇太极对宸妃生死相随的爱情里，落得个不尴不尬的处境。往事风卷浪涌，几近覆顶之灾。若没有摄政王多尔衮对她的一线深情和鼎力相助，就不会有后来的福临和孝庄皇太后。如今福临的所作所为，却和他的父亲如出一辙。

对小博尔济吉特氏而言，亦是如此。若没有孝庄太后，就没有今日宁寿宫中繁华过眼、宠辱不惊的皇太后。多少青春都葬送了，多少心酸都吞咽了，才换得今日的平和宽仁。她最值得自傲的，应是自己这番仁厚豁达的天性。她和孝庄太后一样，是蒙古草原的大气王女，不是囿于一己悲怨的小女人。

她要活给福临看，正如当日的孝庄太后活给皇太极看：我知你心中另有所爱，一深至斯；我知生来的身份注定了你我的不自由，注定了彼此有缘无分的贻误；我知我注定要活在与你不可分割又形同陌路的世界里。如果这是我的命，我认！但我定要在没有你的世界里活得精彩。这是我对你这一生慢待最彻底、最干脆的还击。

算起来，顺治帝薨逝的时候，她不过二十岁出头，风华正茂，硬生生就成了皇太后。看着身边的人一个个都走了，她还得不咸不淡地熬着。这样一位皇后并不寡淡，她隐隐像《红楼梦》里的史湘云："纵居那绮罗丛，谁知娇养？幸生来，英豪阔大宽宏量，从未将儿女私情略萦心上。好一似，霁月光风耀玉堂。"

若无这等气量，若她是那伤春悲秋的女子，恐早已郁郁而终，断熬不过那些惨淡岁月，撑到顺治帝过世后，赢得康熙帝的尊重和温情。

孝惠章皇后没有子女，对康熙帝视如己出。或许是自身平白遭受了太多冷落，反让她对这年幼丧母的孩子爱护有加，并不因他是皇帝而疏远防备。她天寒时惦念外出的皇帝，命人专送御寒衣裘；逢皇帝生日时，遣人送上金银茶壶为礼祝贺。

我信她一定了解，这世间最遥远的距离，不是不爱，而是漠然。这宫中最可怕的不是皇权，而是人性的冷漠和自私。她受过的苦，领略的辛酸，不要他再尝。

我读康熙朝的史料，知康熙帝对这位嫡母也甚是牵挂、敬重，事事留心，时时在意。她居住在康熙帝为她新建的宁寿宫颐养天年，康熙帝时时探望，晨昏定省不怠，一旦闻知太后身体有恙，即便是行巡在外，亦是亲问汤药，垂询不断。《圣祖实录》载，康熙帝在外狩猎巡幸，每获猎物水果土产，亦必遣人驰送回京，令总管太监献与太后品尝。他没有将她视作一个摆设，成为标榜自己孝道、陈列给天下人看的标本，他是真的对她好。

他关心她，不只关心她的寒温、起居，亦关心她的内心：夏天，陪她去承德避暑；冬天，陪她在御花园里赏雪看花；

知她多年思乡，陪她回塞外故里。每年她的寿诞，他必率子女贵胄大臣亲往祝贺，甚至跳起满族的传统舞蹈，效仿彩衣娱亲。他尊重她，君国大事（如废立太子）亦必征询她的意见和看法；甚至公开对皇子大臣表态，太后的懿旨和他的圣旨具有同等效力。

康熙五十六年（1717 年）十二月，皇太后重病，当时的康熙帝也已是六十有三的垂暮老人，时因废太子事心力交瘁，头眩足肿不能行，仍以帕裹足至宁寿宫亲奉汤药，晚间就住在苍门内的行帐中。如此衣不解带，日夜看护在病榻前，直至太后薨逝。

孝惠章皇后过世时，时年七十七岁。我知她阖目时，必定是心无怨艾的。或许在临终前，握住康熙帝的那一刻前，她早就释然了。福临，这困缚了她一世的男人，无意间还给她的，是一个比他还要出色，还要深情、执着的男人——玄烨。

她临终的目光因玄烨而亮起，那是无尽的眷恋和感激。虽然玄烨不是她的亲生儿子，但他们彼此做伴五十七年。试问，世间有哪一份爱情，能比这样的亲情长久？

峰峦如聚，波涛如怒，山河表里潼关路。
望西都，意踌躇。
伤心秦汉经行处，宫阙万间都做了土。
兴，百姓苦；亡，百姓苦。

——张养浩《山坡羊·潼关怀古》

# 第六品

# 盛衰

## 午门

紫禁城的正门，居中向阳，位当子午，故名午门。其前有端门、天安门（皇城正门）、大清门，其后有太和门。大清国的皇后都由午门抬入紫禁城。

## 那拉氏

入得那道宫门，就被生生剥夺了自由，没有要求的权利，只有等待的义务。生命陷落在紫禁城，在限定宫巷内行走，或徐或疾，终点都是一样。唯一的选择，无非是怎样在四面宫墙内熬过漫长的一生。

# 壹

世人多道乾隆帝六巡江南，是明访也是微服，江南春色入怀，惹一身桃花债。甚或，西域的黄沙大漠中也有他的一线情缘在。他的后宫佳丽中，确有一位来自维吾尔族的爱妃，他对她宠爱甚笃。

在民间的演绎中，这位来自西域、体带异香的女子，成为风流天子一生中难以忘怀的情结。为解她思乡之苦，他甚至特意为她建了一座“宝月楼”。

然则，不论乾隆帝一生经历了多少女人，宠怜过几许红颜，谁都无法取代孝贤纯皇后富察氏在他心中的地位。她亡故后，乾隆帝悼念她的悲切，比之汉武帝对李夫人的魂牵梦萦不遑多让，哀痛有过之而无不及。

弘历自幼天资过人，智识气度不凡，为父所重，十余岁时被圣祖康熙帝带入宫中亲自调教，住进毓庆宫（康熙年间特为皇太子胤礽所建，雍正朝以后不再预立皇太子，改为皇子居所），早已被当成下一代的接班人培养。富察氏与他一样，自幼都得天独厚，风华绝代，聪慧过人。富察氏出身于上三旗（正黄、镶黄、正白）中的满洲镶黄旗，其家族从追随清太祖（努尔哈赤）开国到世宗朝（雍正），名臣辈出，屡建功勋。她的父亲是察哈尔总管、一等承恩公大学士李荣保。她的弟弟是保和殿大学士傅恒。她的伯父马齐和马武，皆是权重一时的要臣。而她自己，是雍正帝为其皇位继承人精心择定的正妻。

富察氏，满族姓氏，清朝时八大姓之一。据史料记载：富察氏原系辽代女真古老姓氏，始祖马木敦，远祖费莫氏，势力强大，与汗（皇）室世代姻亲……靖宣皇后、钦慈皇后等十数人入传。抛去时代的差异，如果一定要在清朝四大家族中做一个排名的话，那么富察氏家族无疑将高居榜首。纵观有清一代的满洲大家，无论是兴盛的时间、地位的尊崇、名臣的人数等，几乎没有任何一个家族可与富察氏比肩。贯穿整个康乾盛世，富察氏五代成员中涌现了数十位载入史册的著名人物。有句话叫“一朝天子一朝臣”，可富察氏却是经历了四朝天子仍旧荣宠不绝。如果佟佳氏在康熙朝被称作“佟半朝”，那么富察氏在整个大清朝就是名副其实的“富五代”了。可以说，富察氏家族与清朝同起、同兴、同衰、同败，就像一面镜子，用一家之况缩略了整个王朝的发展史。

雍正五年（1727 年），十六岁的富察氏被指婚给当时的皇四子——十七岁的弘历。是年七月十八日，雍正帝在紫禁城西部乾西五所的二所（弘历即位后更名为重华宫）为皇四子弘历和富察氏举行了隆重的结婚典礼。雍正七年（1729 年），雍正帝又赐自己钟爱的长春仙馆作为儿子儿媳在圆明园的居处，对这对小夫妻可谓关爱备至。

弘历早在四年前的雍正元年（1723 年）就被秘密立为储君。毋庸置疑，在雍正帝眼中，弘历的嫡福晋就是以后统摄六宫的皇后，将来的一国之母。以胤禛一贯殚精竭虑的处女座性格，他对这个儿媳的人选断然不会掉以轻心，富察氏正是他综合多方考虑之后，所择定的最佳人选。

雍正帝虽素性清冷刚毅，却绝非不解风情的男子。事实上，胤禛无比清楚地知道，自己那沉稳风流的儿子，需要什么样的女人来配合和挟制。他为儿子择定的贤妻，不单才德兼备，且与弘历一生感情融洽，恩爱甚笃。后来的历史也证明，他看人的眼光没有错，有清一代，富察氏是当之无愧、无可争议的一代贤后。

试想一下，在一桩充斥着政治因素的婚姻中，这结果是多么难得。除却皇位，日渐稳固的江山、日渐充盈的国库和一个美貌与才德兼备的贤妻是胤禛送给儿子最好的祝福和礼物。

## 贰

层层琉璃重檐，连绵如碧海，朝阳映照其上，几乎让人睁不开眼睛。从坤宁宫到西六宫的长春宫，再到重华宫，重重垂花门，穿过笔直的永巷，漫长的宫墙如赤色的巨龙，延伸至无际。

“永巷吹浩风，大雨洗碧空。长云流万古，几度飞神龙。”蓝天澄澈高远，阳光淡然洒落，如下了一场翩跹蝶雨。孝贤曾住过的长春宫，宫名“长春”，意在春光长驻，可浮生流离，又哪有不凋、不败、不去的永恒呢！所谓长春，亦不过是一种美好祈愿罢了。

孝贤殁后，弘历下令保留长春宫孝贤皇后居住时的所有陈设，凡是她使用过的物品全都保留，一切按原样摆放，并将她生前用过的朝冠、东珠、朝珠等物供奉在长春宫。每年的腊月二十五日和忌辰时，乾隆帝都要去凭吊。如此四十多年，直到乾隆六十年（1795 年）长春宫才撤掉，允许其他妃嫔们居住。

孝贤是自信的，亦是聪明的。在所有可见的史料里，无一不是这样显现：她事亲至孝，博得后宫亲长们的一致认可；她事夫至诚，与弘历同甘共苦，休戚与共；她宽宏大度，善待妃嫔姬妾，视她们的子女为自己的子女……

她安分随时，平易近人，却并不是个木讷愚钝之人。可想而知，统摄六宫，面对着一大群同样姿容窈窕、心机不俗的女子，光靠德行是不够的。能将深宫中复杂的人际关系处理得得心应手，孝贤定然是个精明内敛、大气温柔的女人，懂得举重若轻，不动声色地恩威并施。

乾隆帝的御制诗数量虽多，许多水准平平，可提及孝贤的篇什却情真意切，动人心怀。乾隆帝忆及孝贤，除却盛赞其贤德，还常念其姿容窈窕，这足以证明在阅遍群芳的乾隆帝心中，这位皇后的容色亦是不俗。

史载孝贤出身名门望族却素性恭俭，有异于一般世族女子。日常所居不喜佩珠玉，只配通草绒花。细细想来，赞她，倒不单是因为她恭俭，不忘本，而是欣赏她的绝顶聪明。孝贤定然是深谙人心，又甚解意趣的女子。想她那风流挑剔的夫君，什么样的绝世艳姝没见过？她选择这清雅不俗的装扮，必有自己的一番思量。

身居中宫之位，饰金佩玉乃是常态，唯其不饰，才见得特殊。金玉之饰，固然让人平添几许贵重，却也易使人倦怠疏离，总觉得与之相亲的是尊位，与之相爱的是礼法，那供起来的人，天长日久总是易成摆设。相比阖宫珠翠粉黛，做素净打扮，反而更可凸显出自身的气质端凝、秀雅婀娜；让她的美，既有端静之态，又有清怡之姿。

孝贤想必是知晓，身为帝王，有时会比普通人更渴望平凡的情感，即使这平凡仍是经过装点的富丽和端然。乾隆帝与素雅的她相处，可如同寻常夫妻一般，视其为知己和可以交心诉情的妻。这或许也是为什么李隆基会与杨玉环密订鸳盟，求一个“七月七日长生殿，夜半无人私语时”吧！

她何尝不想和他过红袖添香、并看星河的日子，拥有那种只属于两人的安宁和平静。奈何此生已托付帝王家，既然享受了常人难享的尊荣，就必须做出超常的牺牲。

在嫁给弘历之前，弘历身边便有着为数不少的侍妾。同为富察氏的庶福晋，早于孝贤生育皇长子，而孝贤所生皇长女不到两年即殇。结婚四年之后，孝贤终于如愿以偿，生下皇次子，雍正帝亲自为她所生的嫡子命名为“琏”，意味皇位永续。乾隆帝亦在乾隆元年（1736年），正当自己盛年（二十五六岁）之时，密立此子为继承人，可见其对正妻嫡子的爱重。

如果说，雍正十年（1732年）之前，孝贤所需应对和处理的妻妾关系还不算太复杂，是年之后，弘历身边又陆续出现了才貌双全、风姿绰约的女子高氏和苏氏。她们不但正值豆蔻年华，且都是雍正帝为乾隆帝精心挑选的女子。面对这些强劲对手，孝贤从未抵抗。她心中想必清楚，一朝弘历登上帝位，他的身边不可避免会出现更多的女人，他也必将有更多的子嗣。

不幸的是，乾隆帝和孝贤的第一个儿子，曾被雍正帝寄予厚望的永琏，于乾隆三年（1738年），不到十岁即因“偶感风寒”而去世。爱子的早殇对夫妇二人的打击是巨大的，大到弘历一度难以面对爱妻，不由自主地与其疏离，二人的感情也进入了相当长一段时间的停滞期。

雍正九年（1731年）五月，孝贤生育了皇三女固伦和敬公主之后，直至乾隆十一年（1746年），她没再生下皇子。紫禁城的倾世繁华，湮灭了多少人真实的悲喜。她于百般哀痛之中，目睹着一个接一个嫔妃受宠，一个接一个皇子诞生，还要打起精神应对一切，善尽教养之责，恪尽皇后的本分。

做一个贤妻，一个贤后，她不需争，却需忍。没有人可以做到完全不嫉妒，除非她（他）心中完全没有那个人的存在。孝贤显然不是，所以我料定，她的内心是饱受磋磨的。所谓宽仁大度，一视同仁，乃是先将自己心头的血气磨平，将身为一个女人天性里的种种爱执、妒忌以礼法、教养消融罢了。

此生已托付帝王，就注定以他的悲喜为意；此生已担负天下，就必须学会忘却自我。聪明、懂事、得体、精明，还要纯真、豁达，如此这般，才是他心中完美的母仪天下的人选，也才符合她对自己的要求。

想来都替她辛苦，要爱一个人到如此境地，不怨怼，不嫉妒，连失落都要自行吞咽，明明愁肠百结却要笑靥如花。爱到拥有又放下，比未曾拥有而放弃，更难上加难。伴随着人间帝王，应对着无数红颜，这爱本身即是一场异常艰辛的修行。

是的，她赢得了他的敬与爱，乃至他余生铭心刻骨的思念，但她为此付出的代价却只有她自己清楚。她对他的好如春风化雨，让他觉得是理所当然的存在。日后回忆起来，却是点点滴滴都渗入血骨，日日夜夜摧折心肝。“赌书消得泼茶香，当时只道是寻常。”可是，后来的后来，再也没有人可以取代。

乾清门，一道宫门，门外是国，门内是家，这家国是相连的。

纵然弘历是一只注定翱翔九天的雄鹰，一条奔腾四海的巨龙，孝贤亦懂得如何收敛他的心。当弘历经历了内心的磋磨，再度寻找停泊之地时，他选择回到孝贤身边。孝贤没有对他冷言冷语，而是用不改初衷的柔情，温暖了曾经因失意而拒避她的丈夫。佛法有言的“戒定慧”：戒，是拒绝伤害；定，是爱而不动摇；慧，是爱而不执着。想必，孝贤对乾隆帝的爱，亦是如此吧。

乾隆十一年（1746 年）四月，孝贤生下了第二位嫡子——皇七子永琮。这个孩子的到来，对孝贤和乾隆帝都意义重大。乾隆帝心中一直深藏着立嫡子为继承人的愿望。而孝贤如获新生，她从这个姗姗来迟的孩子身上，再度看到了生活的希望。

孰料这个孩子和他的姐姐、兄长一样福薄命浅。乾隆十二年（1747 年）二十九日，在新的年节即将来临之际，永琮就因出痘而夭折。尚沉浸在爱子降生喜悦之中的乾隆帝，又跌入另一重噩梦。此时，孝贤所生育的二子二女（皇长女、皇三女、皇二子、皇七子），唯有固伦和敬公主长大成人。

深宫之中，孝贤倍觉凄凉寒苦。

星陨苍龙失国储。皇二子与皇七子的接连去世，对于一心要立嫡子为储的乾隆帝也是沉重的打击，为此他曾颁谕：

朕即位以来，敬天勤民，心殷继述，未敢稍有得罪天地祖宗，而嫡嗣再殇，推求其故，得非本朝自世祖章皇帝以至朕躬，皆未有以元后正嫡，绍承大统者，岂心有所不愿，亦遭遇使然耳，似此竟成家法。乃朕立意私庆，必欲以嫡子承统，行先人所未曾行之事，邀先人所不能获之福，此乃朕过耶。

乾隆十三年（1748 年）正月，乾隆帝恭奉皇太后东巡，孝贤皇后随驾出巡。乾隆帝的本意是要带正承受丧子之痛的孝贤出宫散心，但因皇太后也随同出行，身心俱损的孝贤还要在婆婆面前不失礼数，恪尽孝道，强作欢颜。途中，似乎是已有预感，孝贤请求早日返京。长途跋涉，舟车劳顿，当御驾抵达山东境内，本已孱弱不堪的她，终于油尽灯枯，一病而亡。

皇后的骤逝，看似突然，实则是经年累月的劳心劳力，内外交煎所致。二十二年的夫妻生涯，不长不短。她见过他十余岁时的清俊儒雅，二十余岁时的英姿勃发，三十余岁时的沉稳干练，本以为可以白首偕老，共尝甘辛，而今却要舍他而去。

## 叁

恩情廿二载，内治十三年。忽作春风梦，偏于旅岸边。圣慈深忆孝，宫壶尽钦贤。忍诵关雎什，朱琴已断弦。夏日冬之夜，归于纵有期。半生成永诀，一见定何时？棉服惊空设，兰帷此尚垂。回思想对坐，忍泪惜娇儿。愁喜惟予共，寒暄无刻忘。绝伦轶巾帼，遗泽感嫔嫱。一女悲何恃，双男痛早亡。不堪重忆旧，掷笔黯神伤！

这世上有许多深情男子，留下许多悼亡妻的诗文，我读过《诗经》里的《绿衣》，读过潘岳，读过元稹，读过苏轼，读过贺铸，读过纳兰，当读到乾隆帝的这首《戊辰大行皇后挽诗》时，依然不可避免地怆然欲泪。

汉武帝为李夫人招魂时，作感伤之言：“是耶非耶？立而望之，偏何姗姗其来迟！”汉武帝对李夫人的感情，亦不过是一个多情帝王对一位绝代佳人的怀想；而乾隆帝对孝贤的忆念，则是一个丈夫对结发妻子的追忆，字里行间都是过往相处的点滴，情真意切。

对弘历而言，曾经的柔情如许，都随逝者的肉身湮灭在浩瀚时光中。回忆经过时光的酝酿，焕发出动人的光彩。

当日轻雨听箫，饮醉沉眠。醒来才知花落人去。一朝人亡如花落，花落犹可再开，亡人却不能再返。他所拥有的，只剩细节，孝贤所有的真善美，都只能留待回忆里反刍。他看见她这一生对他的好：他看见她眉目淡淡，笑着为他献上亲手缝制的燧囊；他看见她容色倦倦，为照顾他的病体，多日衣不解带；他看见她以苍生为念，跪在佛前，虔诚祈愿，待得甘霖普降，终展笑颜。

爱妻的猝逝，对一生顺遂的弘历而言打击太大了。这锥心之痛，令一向沉稳自持的皇帝几近发狂。是以，他不惜逾制，举行史无前例的国葬，要她死后极尽哀荣。他甚至撇开内阁大臣的议定，径自降旨定大行皇后谥号为“孝贤”，此举在清代实无先例。

他知此生未及与她留下子嗣，是以对皇后的家族极尽荣宠，《清宫词》中以“外家恩泽古无伦”来形容。他对孝贤的侄儿福康安视若亲生，封其为贝子。以至于后来有人以此为契机，虚构说那福康安是他的私生子……

他如此固执地要留下属于亡妻的气息。那御舟“青雀舫”是她薨逝前所乘，存留了她最后的泪渍，见证了他们的生离死别。他不惜叫人凿开城门，动用万千人力，将其运进城内……

死亡最开始只是一颗种子，渐渐成为一棵盘根错节的参天大树，思念的阴影覆盖了他的余生。开始像是归于平静，而后是周而复始、剧烈不息的悲痛，使他深陷其中，无法自拔。

懊郁的帝王开始迁怒于人，先是皇子，其后牵连到臣下。因觉皇长子、皇三子在皇后丧期不够悲痛，他便严厉申饬，明旨褫夺了他们的皇位继承权。言辞之严厉，现在读来也觉惊悚。

孝贤皇后的薨逝，更直接导致了一场影响深远的宦海风波，大批官员在皇后丧礼期内，因表现不能令乾隆帝满意，或被治罪，或被赐死。

以孝贤皇后之死为界，乾隆帝执政之风趋于峻烈，独断专行。失去了贤妻的皇帝，仿佛不再刻意维护自己明君的美名。

乾隆十三年（1748 年）三月二十五日，皇后梓宫移至观德殿，乾隆帝“感怀追旧，情不自禁，再成长律，以志哀悼”：

凤辖逍遥即殡宫，感时忆旧痛何穷。一天日色含愁白，三月山花作恶红。温清慈闱谁我代，寂寥椒寝梦魂通。因参生死俱归幻，毕竟恩情总是空。廿载同心成逝水，两眶血泪洒东风。早知失子兼亡母，何必当初盼梦熊。

生死归幻，恩爱成空。他甚至自责，如果没有生下两位皇子，或许皇后就不会早逝了！在他的心中，爱妻的逝去，比两个嫡子的早逝更令他伤怀。死亡是如此强大，他在它面前全无抵抗之力。想必，他仰面的刹那，心神萧瑟，彻骨落寞，如紫禁城大雪纷扬落下。那一刹那的孤苦，仿佛茫茫世间只剩他一人……

他在她死后深觉万事皆空，浮华如梦。他待其他人，纵然恩爱也是收放自如。他在她们面前，唯我独尊，去留随意。衣香鬓影，莺啼燕啭，掩不过心底的悲凉。每一年的良辰佳日，急管繁弦的热闹之中，被人间荣华所拥簇的帝王，总会在乐境之中想到九泉之下的皇后。他一次又一次来到长春宫，此时的他，应只是一个痛失爱妻的丈夫，始终不肯放下对她的思念与眷恋。

宫殿寂静，帷帐空垂，春风既过，斯人不再。令人感伤的又岂止是岁月流逝，人之苍老，还有阴阳永诀，恩爱难继。

乾隆帝最后一次到爱妻陵前，是嘉庆元年（1796 年）三月初九，他带着新即位的嘉庆帝一起。这年乾隆帝已八十六岁。望着陵前高矗入云的松树，乾隆帝写下了这样伤感的诗句："吉地临旋跸，种松茂入云。暮春中浣忆，四十八年分。"

在“四十八年分”句下，已是太上皇的弘历自注：“孝贤皇后于戊辰大故，偕老愿虚，不堪追忆！”

## 肆

一个个朝代经过，一页页史书翻过，指尖犹带沧桑气味。我们可以由一个朝代摸索明了另一个朝代诞生、发展、变化、衰败、覆亡的规律，亦可以从一个人身上知晓更多人的荣、辱、盛、衰的经历。

人和人之间，总是这般面目相似；事与事之间，总是有迹可寻。目光所及，依旧是坤宁宫。冷眼看过了几世别离，情缘浮沉，它似是尘世浮舟，引渡有缘；也似是独木桥，眼睁睁看其坠落深渊。有些人一开始就注定以这里为起点，然后跋涉；而有些人，却幻梦成空，终其一生也无法抵达。

以孝贤一人为镜，阅尽荣华，阅遍悲欢。位居正宫的皇后，她们一生的经历，总是有迹可寻。屹立于繁华顶端，鸾声哕哕，看似尊贵已极，也不过是从一场孤独走向另一场更大的孤独。

孝贤殁后，后位空悬。乾隆帝失意落寞，性格日渐暴戾，喜怒不定。但皇帝正当盛年，后宫事务烦冗，必须册立新后。

当时后宫之中最具竞争力的是纯贵妃苏氏和娴贵妃那拉氏。而纯贵妃苏氏的位分，还居于娴贵妃之前。苏氏虽然早已被抬旗，但毕竟是汉女，为保大清皇统纯正，皇太后力主册立那拉氏为后。

乾隆帝亦知自己立嫡子为皇储之心人尽皆知，此时的那拉氏膝下无子，而苏氏育有二子——皇三子和皇六子，皇三子永璋虽在孝贤皇后丧仪期间被严厉申饬，排除在皇位继承人之外，但苏氏还有皇六子永瑢。

若立苏氏为后，永瑢就势必成为嫡子，这显然违背乾隆帝感情上的意愿。其次，为皇权内部的稳固考虑，若立苏氏为后，日后更容易引起诸子之间的皇位争斗和满汉大臣之间的党争。

他几番思量，最终择定无子的那拉氏为后。

对先皇后钟情不忘的皇帝不愿意立刻册立新后，但又不想违背母亲的意愿，索性采取了拖延政策；在对外的诏书里也流露出抵触情绪，自称是奉皇太后懿旨册立娴贵妃为皇贵妃，摄六宫事务。后来，在皇太后的屡次施压之下，时越三年，直到乾隆十五年（1750年），才正式将那拉氏立为第二任皇后。

说起那拉氏，在乾隆帝还是皇子时她已是他的庶福晋，但她一直不太受宠。且不与孝贤皇后比，就是跟后来的高氏、苏氏、金氏、魏佳氏比，受宠程度也是远远不及的，直到正位中宫之后，情况才有所好转。

屈指算来，那拉氏从登上后位到含恨而终，一共十七年的光阴。她和他之间，不是没有令人留恋的温存时光。至少在正位中宫之初的五六年间，那拉氏与乾隆帝的关系还算不错。一直未有子嗣的她，在这段时间有了自己的三个孩子——皇十二子、皇五女、皇十三子。但长成者，唯皇十二子永璂一人。后来，永璂因母妃那拉氏的缘故，失爱于乾隆帝，二十四岁即郁郁而终；身为皇子，生前死后均未受册封，可见乾隆帝对这个儿子的冷落。

展眼望去，那拉氏一生坎坷，写满失意。但与之前的冷落相比，登上皇后宝座，才是她一生悲剧的真正开始。紫禁城的残酷在于，不是你登临高位就能获得恒久的恩爱；亦不是你心如止水，甘于隐没，就能换来苟且安稳。入得那道宫门，就被生生剥夺了自由，没有要求的权利，只有等待的义务。生命陷落在紫禁城，在限定宫巷内行走，或徐或疾，终点都是一样。唯一的选择，无非是怎样在四面宫墙内熬过漫长的一生。

渴望爱和温暖，是生而为人的本能。可这里的恩爱注定短浅，温柔也经不起打量。在这个地方，谋生或谋爱无疑都是缘木求鱼，偏偏有无数人的命运与之捆绑在一起。那拉氏一生的命运与孝贤皇后密不可分。她因皇后薨逝，机缘巧合地被立为新后，亦因终身无法逾越乾隆帝与孝贤之间的情分而落寞失意，终被乾隆帝厌弃，下场凄凉。

站在那拉氏的角度，其实是进退两难，动静两不宜。继皇后是非常吃力不讨好的身份。不作为，有负皇后的身份职责，难免被人指摘，视之懦弱无能；若作为，一言一行又不可避免地被众人拿来和先皇后做比较。最要紧的是，乾隆帝心中时时有此念，并常不加掩饰地流露出来。孝贤薨逝三周年，时值册立新后之时，乾隆帝作诗寄哀，中有“岂必新琴终不及，究输旧剑久相投”之语。那拉氏的这份失落，不可谓不重。

生死相隔，动如参商，孝贤之死让乾隆帝余生负愧，耿耿不忘，她的骤逝更构建了她虚幻的完美。蛰伏于亡魂的阴影之下，那拉氏却连恨她的理由都没有。孝贤生前待她不薄。怨不了亡人，只能对身边之人生怨。目睹他风流如故，却始终视她可有可无。她容颜渐衰，心神渐竭。

风过重门，庭院幽冷，万人看她尊荣华贵，而她走入的其实是更深、更远、更广的凄凉。皇后的尊位，是冷酷的陷阱，那象征着荣耀的凤座，是天下最残酷的刑罚，似冰又似火，无一刻不折磨着她的身心。她不知道余生还要度过多少无望的长夜，承受着怎样的落寞不堪。

年复一年，她目睹他对旧人钟情，对新人怜惜，唯独对她这半旧不新的人不冷不淡。这份不尴不尬和长年累月的积郁，使得那拉氏对皇帝爱恨交织。不知从何时起，他们从相敬如宾走到了怨怼丛生。

时光演进至乾隆三十年（1765 年）正月，那拉氏随同乾隆帝南巡。

这第四次的南巡成了她命运的又一个转折点。南巡初期，一切都还正常。在途中，皇帝还为她庆祝了四十八岁千秋节。闰二月十八日，在杭州风景秀丽的“蕉石鸣琴”进早膳时，皇帝还下令在那拉氏的早晚膳食中另加膳品。然而，当天晚上进晚膳时，那拉氏就没有再露面。

后来才知道，闰二月十八日那天，那拉氏与皇帝发生激烈争执，皇后怀藏利剪，愤而断发，自言要出家为尼。满族是禁忌女人私自剪发的，皇后只有在皇太后、皇帝驾崩时，才可以剪发。那拉氏的这一举动其实是为了宣告对皇帝的彻底失望，但在乾隆帝看来，却是她存心挑衅，蓄意诅咒。一生好面子的乾隆帝几曾受过这样不留情面的对抗？盛怒之下，他当日即派额驸福隆安将皇后由水路先行送回京师。

没有人知道，那拉氏到底因何事触怒乾隆帝，闹得如此不可开交。史册对此事语焉不详。野史传说是风流皇帝欲微服登岸，寻花问柳，那拉氏闻讯劝谏皇帝不要贪恋江南美色，言语起来，多年的积怨之下，那拉氏孤注一掷。孰料，覆水难收。皇帝以此为由，与她彻底决裂。

而我更倾向于相信另一种说法——即使真有所谓寻花问柳之举，亦不过是导火索，南巡途中发生的另一件事，才是引起帝后决裂的根本原因。

十七年前，先皇后孝贤陪同乾隆帝东巡时，在济南一病不起，后死于德州。此后，乾隆帝每次途经济南时，总是避开此地，绕城而行。这一次，乾隆帝亦作诗云：“济南四度不入城，恐防一入百悲生。春三月昔分偏剧，十七年过恨未平。”

试想一下，这诗在那拉氏眼中会是什么滋味？多年的积郁，加上这些偶然事件的不断刺激，足以令那拉氏不顾一切地爆发。

冰冻三尺，非一日之寒。他对亡人的深情，对他人的顾念，无一不是对她莫大的讽刺！

那拉氏独自从水路返京。来时煊赫，去时凄清，彼时千头万绪，此际心如镜明。

废弃的结局清晰逼近。事已至此，她反而坦然了。付出这么多年，隐忍这么多年，如许辛酸，如许深情，都被他轻掷于地，不屑一顾。到头来，她谁都比不过。一生的匍匐，都等不来他一刻的垂怜；片刻的顾念，不如就此断绝。从此别过。

南巡结束，回到京师不久，乾隆帝即下诏收回那拉氏手中的四份册宝，裁减了她手下的部分用人。到了七月份，那拉氏身边只剩两名宫女。按清宫制度，这是常在的待遇。

为免外臣谏阻，乾隆帝对外并未正式宣布废后。乾隆三十一年（1766 年）七月十四日，那拉氏离开人世，终年四十九岁。时乾隆帝在木兰围猎，闻知那拉氏死讯，不为所动，一切行程照旧，嬉戏游猎不怠，只命那拉氏的儿子皇十二子永瑾回宫奔丧。同时传旨，丧葬仪式下降一级，按皇贵妃丧仪入殓。

而事实上，那拉氏的丧礼比皇贵妃的级别还要低。若按皇贵妃的丧仪规定，每日应有大臣、公主、命妇齐集举哀、行礼。在那拉氏的丧事中，这一项却被取消了！名义上仍是皇后的她，既未附葬裕陵，也未单建陵寝，而是随众葬入裕陵妃园寝内。更有甚者，按惯例，凡葬在妃园寝内的，无论地位多低，都各自为券，而那拉氏却被塞进了纯惠皇贵妃的地宫，位于一侧，堂堂皇后反列于皇贵妃之下。

按照清制，凡妃、贵妃、皇贵妃死后都设神牌，供放在园寝享殿内，祭礼在殿内举行；嫔、贵人、常在、答应则不设神牌，祭祀时把供品桌抬到宝顶前的月台上。那拉氏死后，既不设神牌，也无祭享，入葬以后也只字不提，不单和孝贤皇后死时的极尽哀荣不可比，就连民间百姓也不如。《清宫词》感慨她的际遇："鬓云截去独含颦，不学文昭望孟津。祔庙但虚椒屋礼，生前依旧俪中宸。"并不是没有人为她鸣不平。当时有御史上书，请依皇后礼举丧，结果被谪伊犁。

乾隆帝不仅不愿再提及那拉氏，亦不愿让人再提及立后、建储之事。十二年后，乾隆帝东巡途中，又有个不晓事的愣头青——一个叫金从善的书生上书，言及此事。乾隆帝为此发怒道："那拉氏本是我即位前的侧福晋。我即位后，因孝贤皇后病逝，她才循序由皇贵妃又立为皇后。后来她自犯过失，我对她一直优容。国俗最忌剪发，她却悍然不顾，我仍然忍隐，不行废斥。她病死后，也只是减其仪等，并未削去皇后名号。我处理此事已经仁至义尽，况且从此未再立皇后。金从善竟想让我下罪己诏，我有何罪应当自责？他又提出让我立皇后。我如今已经六十八岁了，岂有再册立中宫皇后的道理！"一气之下，竟将金从善处斩。

乾隆帝历来自命宽仁，轻易不肯落人口舌，唯独对那拉氏斩钉截铁，恩断义绝。仿佛这年久日深，她没有一丝温存可悯，莫名地成为他的眼中钉、肉中刺，拔除时，毫不犹豫。不仅如此，他还要将她从自己的生命中彻底清除，不留一丝痕迹。

那拉氏并非罪大恶极，她应是招了乾隆帝的忌。盖因孝贤死后，乾隆帝再也不需要皇后，他心意坚决，又为礼所拘，那拉氏不明所以地成为牺牲品。其实换一个人，也未必不是牺牲品。这一世，她追逐他，如同追逐镜中月华。本是幻梦，可叹她活得太认真。

我才疏学浅，翻阅史料，未见记载那拉氏住在哪座宫殿，这样也好，只当她从未来过，从未在这孤城里陷落，煎熬。

夕阳残照，天地苍茫。这一世，人如孤鸿，谁不是谁的过客？

## 伍

站在空无一人的午门广场，眼前高低错落如双翼展开的阙楼，人称“五凤楼”。天气晴冷，阳光下的琉璃黄瓦分外耀目，正对的门洞则幽暗深远。站在这里，有一种遁入时光隧道的感觉。

当年大清国的皇后都由这里进入紫禁城。数过来，不过是几个指头的事，从大清门、天安门、端门、午门、昭德门、中左门、后左门、乾清门到坤宁宫。在当年，这便是一位皇后一生的历程。

在清朝，只有在即位前还没有结婚的皇帝才能举行大婚典礼，故而从顺治帝、康熙帝算起，到同治十一年（1872年），十七岁的同治帝载淳大婚，大清王室已经至少有两百年没举行过这样大规模的典礼了。

古之婚俗有“三书六礼”，“三书”指在“六礼”过程中所用的文书，包括聘书、礼书和迎书。“六礼”即纳采、问名、纳吉、纳征、请期和亲迎六个礼法，指由求婚至完婚的整个结婚过程。

纵使是平民，这一路礼俗逶迤行来，所耗精力也不少，而皇帝大婚尤为豪华，极其烦琐隆重。因清朝是选秀制度，无须问名，婚礼由皇家钦定，请期也是形式而已。剩下的仪式主要分三部分，即纳采、大征（纳征）、册立奉迎。

根据史料，大致可以了解同治帝大婚的情形。

七月二十六日行纳采礼，八月十七日行大征礼。按照婚俗，大婚之前皇家需向皇后家“大征”，即民间俗称的“过彩礼”。当时任命礼部尚书灵桂为大征礼的正使，侍郎徐桐为大征礼的副使，取意“桂子桐孙”，希望这位新皇后能够为大清王朝带来更多子嗣。

皇后的嫁妆则事先由皇家采办好，送至皇后母亲家暂存，由吉时送入皇宫。

婚礼定于九月十四日举行。比普通人家迎娶新妇要多一道的程序是，皇家需先行册立大礼。九月十三日，同治帝“告祭天、地、太庙后殿、奉先殿”。九月十四日凌晨寅刻，同治帝穿上礼服，驾临太和殿，亲阅册立皇后的宝册，然后派遣正副使，持节奉宝前往后邸行册立之礼。

十四日行奉迎礼，皇帝先往慈宁宫谒见两宫太后，禀告迎接之事，而后皇帝驾临太和殿，接受群臣朝贺。继而派遣正副使，代替皇帝前去亲迎，皇后的凤舆此时已从乾清宫启行至后邸恭候。精美至极的凤舆中放置着一柄如意，代表御驾亲临。婚礼当日，两位福晋带领各位女官戴凤钿、穿蟒袍、挂朝珠至皇后家侍奉。

九月十五日子时一到，钦天监的官员立即向外报吉时，四位福晋率内务府的女官开始为马上就要成为皇后的阿鲁特氏改换装束：梳双髻、戴双喜如意、穿大红龙凤同和袍，喜袍中间是喜字，左右为龙凤图案。大婚时，坤宁宫洞房里用的也是这种图案。

是日，锣鼓喧阗，夜如白昼。从皇后阿鲁特氏母家到皇宫午门的御道，黄沙净道，宫灯高悬，仪仗浩浩荡荡。

是日，万人空巷，前来观礼的百姓将御道挤得水泄不通。凤舆入午门前，早已人头攒动，人们争相观看。凤舆一到，午门城楼上钟鼓齐鸣，皇后由大清门入宫，同治帝从乾清宫起驾，前往坤宁宫。

大约一盏茶的工夫，凤舆入乾清门，皇后下轿，双手各拿一个苹果，随侍宫女把苹果接住，福晋、命妇立即捧上宝瓶，内藏特铸的“同治通宝”、金银线、小金银锭、金玉小如意、红宝石及五谷杂粮等。皇后手拿宝瓶，进入交泰殿。进殿门时，门槛上专门设置了一双朱漆马鞍，鞍下放两颗苹果，寓意“平平安安”。皇后跨过去后，由专人引导站定。

这时皇帝御驾亦到交泰殿，鼓乐声中，皇帝与皇后一起下拜，成为夫妻。九叩礼毕，两人在坤宁宫举行了合卺礼（喝交杯酒），吃了“子孙饽饽”的饺子。接下来，还有一位福晋为阿鲁特氏重新梳头，将双凤髻梳为扁平后垂的“燕尾”。至此方是完成了整个婚礼。

清代，坤宁宫的东端两间是皇帝大婚时的洞房。房内墙壁饰以红漆，顶棚高悬双喜宫灯。洞房有东西二门，西门里和东门外的木影壁内外，饰以金漆双喜大字，寓意开门见喜。洞房西北角设龙凤喜床，帐被都是江南织造所供，上绣一百个神态各异的顽童，称作“百子帐”和“百子被”，帝后大婚时要在这里住两三天，然后再另择其他宫殿居住。

为表普天同庆，两宫太后在同治帝大婚这天晓谕天下：特许大开夜禁，凡是身着花衣的人都可以进入午门观看皇后仪仗。这个平时可望而不可即的皇城禁地两百多年来首次破例开禁。此旨一下，喜欢热闹的百姓纷纷购买花衣，结果不到一天，城中戏装即被抢购一空。据说，当时大前门旁有一家雨衣店，店主脑筋相当灵活，平时卖花瓴和高丽货，一见花衣供不应求，便用高丽纸画成彩衣出售，买者络绎不绝，店主从中大赚了一笔。

不单百姓，连外省官员及来往商贾都雀跃不已，为这百年盛典借故入京或滞留不归。在距离九月十五日的大婚吉期还有一个多月的时候，北京城内已是熙熙攘攘，人满为患。京城内大小会馆、客栈，甚至寺庙都住满了人。

这场大婚共耗费白银一千一百三十万两，相当于当时清政府全国财政收入的一半！

## 陆

阿鲁特氏娘家到紫禁城这段路，说长不长，但她走了五年。从同治七年（1868 年）初选开始，到同治十一年（1872 年）最后一次选秀，阿鲁特氏力压群芳，一步步走上中宫之位。

她是幸运的，出身名门，祖父是大学士赛尚阿，外祖父是郑亲王端华，其父崇绮是清代唯一的旗人状元（蒙八旗之正蓝旗）。阿鲁特氏本人更是品貌端庄，气质娴雅，举手投足自有一股大家闺秀的尊贵气质，才华亦优于众人。

这般出身和修养，做母仪天下的皇后是相当合适的。所谓“选后选德，选妃选色”，几轮选拔下来，不单是慈安太后属意于她，连原本属意于瑜嫔的同治帝也渐渐对她倾心。

有书记载，阿鲁特氏“幼时即淑静端慧，崇公每自课之，读书十行俱下。容德甚茂，一时满洲、蒙古各族，皆知选婚时必正位中宫”。

选秀时，当同治帝缓步走近阿鲁特氏，将玉如意交到伊人手中时，意味着后位已定。

这位儿媳妇是众望所归，慈禧却对她心存不满。一来她原本属意于员外郎凤秀之女富察氏，富察氏年轻识浅，容易被她掌控，而稳重识礼的阿鲁特氏明显不好驾驭；二来阿鲁特氏的外祖父郑亲王端华是当年咸丰帝的顾命大臣之一，与慈禧是政敌，辛酉政变时被慈禧处死，现在政敌的外孙女成了儿媳妇，她很难不对此心存芥蒂；三来眼见自己的儿子和慈安心意一致，与她这个生母反倒生疏，她更是不满。

此时尚有慈安太后，慈禧还没像后来那样明目张胆，如在光绪帝的选秀大典上一声断喝，强命皇帝将玉如意交给隆裕。羽翼尚未丰满的慈禧只能将不满压下，同意立阿鲁特氏为后，同时要求同治帝立富察氏为慧妃。

阿鲁特氏家学渊源，诗文娴熟，平日与同治帝谈文论诗，皆对答如流，令其甚为钦敬。她犹擅用左手写大字，为时人所称道。《清宫词》有一首就是咏同治皇后的："蕙质兰心秀并如，花钿回忆定情初。珣瑜颜色能倾国，负却宫中左手书。"意思是珣、瑜二妃虽有美貌，文才、气度上却逊于中宫皇后。阿鲁特氏气度端凝，平日不苟言笑，"曾无亵容狎语"，颇有母仪之风，但对同治帝却和颜悦色，温柔体贴。皇帝知皇后待己之心，出自肺腑，毫不作伪，也自是真心相待。

阿鲁特氏一心寄望帝君有所作为，开中兴之业，时时温言劝谏，鼓励夫君。而同治帝也并不昏庸，得此贤妻，自有一番振作，欲展少年抱负。婚后帝后关系融洽，两人恩爱甚笃，也是帝王家甚为难得的。

大婚之后的皇帝就要亲政，这意味着两宫同治、垂帘听政的时代即将过去。交权一直是热衷权力的慈禧的心结。何况，二十六七岁就开始守寡的她，看着儿子媳妇如此和睦，触景伤情，难免没有一丝失落、怨怼。

有传说，慈禧属羊，阿鲁特氏属虎，慈禧忌讳“羊入虎口”之说，对皇后早已暗生几分不喜。当初慈禧力主册立富察氏为后，亦是老谋深算。富察氏学养有限，比皇帝还小两岁，自然很难成为皇帝的左膀右臂，况且年轻貌美又轻浮，若年轻夫妇耽于逸乐，不思进取，慈禧则更有理由牢牢把握住权柄。

现在，皇帝在皇后的鼓励下意欲励精图治，宫中又有慈安太后做后盾，难保有朝一日不会大权旁落。从这个意义上说，皇后的到来，无形中宣告了她的时代即将结束。慈禧自然不甘。是以，慈禧一方面抬举慧妃，另一方面压制皇后，放任慧妃明里暗里挑战皇后的权威。

与乾隆帝一生挚爱的孝贤纯皇后一样，慧妃亦出自世代簪缨的富察氏家族。与之相比，皇后阿鲁特氏的家世确实稍逊一筹。大婚后不久，因皇帝很少往慧妃处去，慈禧训诫同治帝："凤秀之女，屈为慧妃，宜加眷遇。皇后年少，不娴宫中礼节。勿常往其宫，致妨政务。"但这番冠冕堂皇的训诫，对同治帝并不起什么作用。对年少情深的皇帝而言，后妃的家世只是锦上添花，他在意的是彼此之间是否情投意合。

然而，对于谨言慎行、审时度势的皇后而言，这样严厉的申饬已是不能怠慢的明确警告了。为顾全大局，阿鲁特氏委曲求全，劝皇上多去慧妃宫中，少来自己的储秀宫。她知自己身为皇后，注定不能独擅专宠，若有了妒名，更贻人口实。

同治帝不是不知皇后的良苦用心，但一想到自己贵为天子，如今大婚亲政后还是个傀儡，连私生活都被横加干预，愈觉意兴阑珊。他既不敢违逆母后的意思，又不愿勉强自己去亲近慧妃，索性搬到寝宫独居，以示抗议。若换作一般的母亲，僵持不下，多半也就妥协了；奈何慈禧不是，在她心中，骨肉亲情始终不及她对权力的欲望，即使同治帝是她的独子。而皇帝的反抗，更增添了她对皇后的反感。

为了树立自己的帝王权威，同时也为了讨好慈禧太后，同治帝提出了两大方案：其一，将每年孝敬两宫太后的“交进银”由十四万两增加到十八万两；其二，重修圆明园（此事遭到众臣反对）。慈禧有意先借朝臣来挫皇帝威风，事后再假意出来调停，安抚众臣，收买人心。

从来帝王难为，明君更需患难磨砺。这一切的不顺，给少不更事的同治帝带来严重的挫败感，内外受困的少年皇帝抑郁之下开始荒怠政务，在随从的引诱下微服出巡，眠花宿柳。事态的发展越来越偏离轨道。

深居内宫的皇后深感无能为力。尽管她知西太后与己的矛盾由来已久，但以慈禧的心机之深，亦不是阿鲁特氏单方面努力可以化解的。她所受的教育，历代圣贤所教的女德、女诫，均未教会她如何应对这后宫艰险。未待阿鲁特氏思谋出良策，惊变已至。同治帝驾崩，年仅十九岁。

同治帝病中，心急如焚的阿鲁特氏不敢私自探视。慈禧怒责她：“妖婢！无夫妇情！”同治帝垂危之际，阿鲁特氏前去探望，亲手为同治帝擦拭脓血，慈禧又怒斥她：“妖婢！此时尔犹狐媚，必欲死尔夫耶？”总之，不管阿鲁特氏做什么，在慈禧看来都是错。偶然间得见，帝后执手相看，竟无语凝噎。

试想他们少年夫妻，琴瑟相谐，若不生在帝王家，则可骑马、佩笛、带剑，纵横天地间，漠北射雕，江南听曲。畅意时，幕天席地饮酒舞剑；雅致时，红袖添香灯下吟诗。而今却落得凄凉如斯。

时皇后已有身孕。同治帝见她悲苦，安慰她说："卿暂忍耐，终有出头日也。"——此言有托孤之意。夫妻密语传入慈禧耳中，慈禧衔恨，心知皇帝逝后，皇后留不得，腹中胎儿更留不得。转而同治帝驾崩，慈禧违背同治帝遗诏，以兄终弟及为名，立同治帝的堂弟载湉（醇亲王奕譞之子，慈禧的亲外甥）为嗣皇帝，承继大统。

慈禧立载湉为帝，竟视阿鲁特氏的皇后之位为虚设。依礼依情，慈禧都无废黜阿鲁特氏皇后之位的权力。因为有清一代，堂堂正正从大清门抬进来的皇后屈指可数，之前仅有顺治帝的两位皇后博尔济吉特氏和康熙帝的皇后赫舍里氏，阿鲁特氏是第四位，这说明她地位尊崇，不可撼动。

可惜，所谓礼法规矩，向来只能禁锢心存良知、心有忌惮的人，在真正的强权面前则形同虚设。对慈禧这种无所顾忌的人而言，祖宗规矩只是笑话。她纵然不能明目张胆废黜皇后，亦有无数方法逼她入绝境。

越到后来，慈禧越是利欲熏心，铁血无情。她绝不允许有人挑战她的权威，亦不允许阿鲁特氏生子之后成为皇太后，让自己退居幕后。阿鲁特氏腹中的孩子，无论是男是女，慈禧都不想再留。

夫君尸骨未寒，眼前生机已绝。皇后手中无兵无权，满朝文武唯西太后之命是从。孤立无援、年仅二十二岁的阿鲁特氏如何能与根基深厚、老奸巨猾的慈禧为敌？皇后之父崇绮探明慈禧意图，知天命难违，暗示皇后殉葬。阿鲁特氏心灰意冷，殉节之志遂决，只问该怎么死。崇绮跪在外面，问："不吃行不行？"皇后说："行。"于是阿鲁特氏在储秀宫中绝食而死。此时离同治帝过世只有七十五天。

公元1875年正月二十日，不满五岁（实际才三周岁半）的爱新觉罗·载湉在太和殿举行即位大礼，改年号"光绪"，是为光绪帝。此时，仍是由慈安、慈禧两宫太后垂帘听政。因慈安手里仍有咸丰帝生前赐予的朱谕，此时的慈禧对慈安不得不心存忌惮。

据说，咸丰帝生前觉察到慈禧野心勃勃，临终前，密授一道朱谕给慈安——如果日后慈禧不能安分守己，慈安有生杀大权，尽可以按祖宗之法治罪于她。一直以来，慈禧对慈安都是意态恭顺，凡是涉及朝政举措的大事，慈禧都会先请示慈安。鉴于慈禧的一贯良好表现，慈安一时心软，竟然把那份有生杀大权的朱谕烧了。

光绪七年（1881 年），慈安染病，本是小疾，却暴毙于钟粹宫，年仅四十五岁。野史传言她是吃过慈禧送来的果饼之后中毒而死，因为猝死前的一段时期，她对慈禧的做法表示过强烈不满。无论慈安暴毙的真相究竟如何，这之后的慈禧确实做到了大权独揽，唯我独尊。可是，大清国势风雨飘摇，内忧外患频生，渐渐病入膏肓，已是不争的事实。

“祇园精舍的钟声，有诸行无常的声响。娑罗双树的花色，显盛者必衰的道理。骄奢者难久长，正如春夜的一梦。强梁者终将败亡，恰似风前的尘土。”（信浓前司行长《平家物语》）盛衰自有定数，任你强权倾世，逃不过一场败亡。

这宫苑深深，悲喜沉沉。到头来，谁主沉浮，又有何关系？挥霍今生，机关算尽，也逃不过墓碑下孤独的长眠。

其一

多少恨，昨夜梦魂中。
还似旧时游上苑，车如流水马如龙，花月正春风。

其二

多少泪，断脸复横颐。
心事莫将和泪说，凤笙休向泪时吹，肠断更无疑。

——李煜《望江南二首》

第七品

○

# 凄怨

**储秀宫**

取“积蓄美好的人事”之意，原名寿昌宫，始建于明代，是明清后妃居住的地方，内廷西六宫之一，位于故宫咸福宫之东、翊坤宫之北。

**慈禧**

二十七岁，慈禧得到了梦寐以求的名位，可丈夫撒手西去，只剩下孤儿寡母面对八个虎视眈眈的顾命大臣和一个千疮百孔的国家。她过早地拥有一切，却也过早地失去一切。一个人守着衰落的帝国，孤独终老。

# 壹

叶赫那拉氏（据说其闺名为杏贞，后被讹传为“兰儿”）于咸丰二年（1852 年）入选秀女，入宫后被封为“兰贵人”。

从选秀入宫伊始，她除了嗓音出众，并无其他值得称道之处。她出身于下五旗中的镶蓝旗，父惠征，官职仅为四品道台，时任安徽徽宁池广太道。这种品级，于八旗贵胄、高官显宦比比皆是的秀女丛中不值一提。甚至她的姓氏——叶赫那拉，也是爱新觉罗一族的宿敌，为她的将来埋下莫大隐患。

其时，仍是大清国瓦蓝的天，鸽哨响亮掠过紫禁城的天空。年轻的兰儿尚不知艰险，踩着“花盆底子”，走入御花园，登上堆秀山，经过延晖阁，一颦一笑皆是年华的倒影。不同于一般女子的悲戚，这胆大有志的女子，身心清朗，对入宫一途亦是充满期待。

由神武门步入紫禁城的秀女叶赫那拉氏，被安排入住作为储秀宫后殿的思顺斋（后改名为丽景轩）。初次踏入这座秀丽典雅的宫苑，芳华年少的叶赫那拉应深深注目过这里的一切，也应在此有过虔诚的祈愿。而此时幽静的储秀宫，也静静地迎来它历史上最重要的女主人——晚清的实际统治者慈禧。

储秀宫的“储”即储存、积聚，“秀”为美好，“储秀宫”即“积蓄美好的人事”之意。这座宫苑建成于明永乐十八年（1420 年），初名寿昌宫。到嘉靖十四年（1535 年）更名为储秀宫。虽在慈禧之前嘉庆帝的两任皇后——喜塔腊氏（道光帝生母孝淑皇后）和钮祜禄氏（孝和睿皇后）都曾以此为寝宫，但储秀宫为世人所知却是因为慈禧。

储秀宫为紫禁城内廷西六宫之一，位于西六宫区的东北角，咸福宫之东、翊坤宫之北。储秀宫为单檐歇山顶，面阔五间，前出廊。檐下斗栱、梁枋饰以苏式彩画。东西配殿为养和殿、绥福殿，均为面阔三间的硬山顶建筑。后殿丽景轩面阔五间，单檐硬山顶，东西配殿分别为凤光室、猗兰馆。

当我走进这座宫院，看到的依然是古柏苍翠，感受到的依然是清幽富丽，正殿廊檐下依然是那对威武的戏珠铜龙和一对依然鲜活生动的铜梅花鹿。但我深信，叶赫那拉氏当年所见的储秀宫与我今日所见的必不相同，虽然它的形制乃至陈设，依然保留着一百多年前的模样。

大到宫殿，小到房舍，都是由人攒出的灵气。一旦离了人，失了气象，再华丽的宫景，亦会成为陈旧空荡的摆设。今日的储秀宫空荡荡的，那陈设乍看上去，并无特别之处。也许不会有人想到，这里随意的一件皆是别人费尽心机搜罗的珍奇，是慈禧日常欣赏把玩的爱物。奢靡至极的慈禧在这里度过了她作为兰贵人、懿嫔、懿妃、懿贵妃近十年的岁月。

据晚年服侍慈禧的太监透露，咸丰五年（1855 年），当时还是懿嫔的慈禧太后犯了过失，被咸丰帝勒令移居咸福宫后殿的同道堂，以此作为对她的薄惩。咸丰六年（1856 年）三月，就是在同道堂，懿嫔生下皇长子载淳。这是咸丰帝的第一个儿子，也是后来唯一一位成活的儿子。生子当天，懿嫔晋位懿妃，迁回储秀宫，次年晋位为贵妃。

如果太监所言无误，在同道堂这段小惩大诫的经历，当然是后来的慈禧不愿多提的。她将同治帝的出生地改为储秀宫的丽景轩也可以理解。

慈禧在内心深处认定了储秀宫是她的发迹之地，更是她一生难以忘情的地方。即使是在她掌权之后，储秀宫仍是她记忆中最温暖的一处地方。为此，光绪十年（1884年），已成为慈禧太后的她，为庆贺自己的五十岁生日，拨巨款重修储秀宫。这次修整拆除了储秀门，将翊坤宫后殿改造成前后带廊、面阔五间的体和殿，据说耗费白银六十三万两，使储秀宫与翊坤宫连通，成为西六宫中最考究的一座宫殿。

慈禧也曾住过一段长春宫，后又迁回储秀宫，一住又是十年。其间间或住过长春宫、翊坤宫、咸福宫、太后的寿康宫、太上皇的宁寿宫以及颐和园，但她最喜欢的地方仍是储秀宫。在慈禧五十岁生日之时，慈禧将储秀宫的后殿命名为“丽景轩”，以示不忘旧日。

慈禧的一生虽然艰险，却煞是幸运。道光帝之后的清帝宫闱，大体是安稳和顺的。咸丰帝的嫡福晋在他身为皇子时就已过世。后来的慈安太后钮祜禄氏是咸丰帝为皇子时的侧福晋，即位后被册封为皇后。她生性端凝和善，甚得咸丰帝敬重，咸丰帝让她居住在自己身为皇子时曾住的钟粹宫。后宫之中，最为受宠的丽妃他他拉氏虽早于慈禧获宠，先晋了妃位，但丽妃诞下的是长公主（固伦荣安公主），而非皇长子。玫贵人徐佳氏亦曾诞下一子，但不久就夭折了。咸丰帝体弱多病，更兼国家内忧外患，心力交瘁，子息不繁，唯一存活下来的皇子就是慈禧所生的载淳。

咸丰帝死后，丽妃被尊为丽皇贵太妃，但她体弱多病，在光绪十六年（1890 年）就因病过世了，死后被追封为庄静皇贵妃，并不像小说和影视剧所虚构的那样被慈禧剁成人彘。不单丽妃，其他妃嫔（祺嫔、婉嫔等）也获善待，安然命终。可见，对自己的权势不构成威胁的人，慈禧还是都能够善待一二的。

据传闻，咸丰帝初时有意冷落兰儿正是因为她的姓氏——叶赫那拉。叶赫部祖上与爱新觉罗为敌，死前誓言必亡清室。但观那拉氏（叶赫那拉是其分支）在有清一代子嗣繁盛，从入关襄助清朝建国，诸多后人深入清朝权力中心，先有努尔哈赤的孝慈高皇后，后有苏克萨哈、明珠等权臣，当知此言不尽实——至少爱新觉罗氏自身并不大在意。

亦是因为咸丰帝身体羸弱，精力不济，而慈禧工于书法，虚心好学，聪慧机警。时而，咸丰帝不堪劳累，便令她代批奏折，这是她染指朝政、野心膨胀之始。及至后来，咸丰帝察觉那拉氏的野心，对她心生疏远，想要有所遏制时，自身却已是油尽灯枯。而那拉氏的野心亦犹如离弦之箭，难以回头。

咸丰帝晏驾时，慈禧二十七岁，慈安才二十五岁。咸丰帝遗命选定八位顾命大臣，又分别授予皇后和懿贵妃“御赏”和“同道堂”两枚闲章作为印玺，诏书需首尾加盖这两枚印玺才能生效。此举意在让两者互相牵制，维护君权。慈禧得到了梦寐以求的名位，可丈夫撒手西去，只剩下孤儿寡母面对八个虎视眈眈的顾命大臣和一个千疮百孔的国家。

那时的慈禧手握着“同道堂”图章，应是感到悲欣交集、坚硬咯手吧。这或许是他对她最后的一丝顾念，抑或是他最后一次的优柔寡断。或许，他心底还残存年轻时玉辇清游，恩宠正浓的那一点情义。虽然即将承继大统的儿子年仅六岁，但他终不忍如汉武帝对待勾弋夫人那般绝情。

咸丰帝当初应该是极爱兰儿的。她初入宫时，被封为兰贵人，那是指花为号，是他与她的密约。后来，他疏远了她。她对他的爱，也掺杂了对权力的欲望，变得不再纯粹。可那一点芥蒂与永不再聚的死亡相比，又算得了什么？看着这个让自己爱恨交织的男人在眼前死去，忽然心境安宁。纷纷流年，爱也罢，怨也罢，皆已逝去。以后的惶惶流年，将一人独自涉过，任她爱他，恨他，他再也不会出现了。

## 贰

据统计，清末民初，中国人的平均寿命只有三十八岁，而慈禧活到了七十三岁。她强韧的生命力甚至拖走了三代皇帝。既然活下来，就要活下去。她不要别人的清浅叹息，她要的是牢牢掌控这个天下。

到后来，她一人端坐在御座上指点江山，检点群臣。她知道，这些走到庙堂上来的人，个个摩拳擦掌，野心勃勃，哪个是好相与之辈？必须时时以帝王心术待之。平心而论，这御座风光不是谁人都能享的。在当时，一个年轻的寡妇要平衡各方利益，要谨守祖宗基业和皇朝天下，绝对称得上夙夜操劳，日理万机，一日不得空闲。身为女人，慈禧确实令人佩服。即使是在这样的情况下，还能数十年如一日保持住心劲儿。

天下人皆知慈禧爱美，储秀宫的一角摆放着她一生痴爱的梳妆台，每日慈禧都要坐在这里耗上不少的时间。她常说，一个女人，没有心思打扮自己，那还活个什么劲儿？不仅如此，她还要求身边的女人，乃至宫女，严守宫规不懈怠，干净、整洁、讲究，从容不迫。据侍候过她的宫女回忆，储秀宫里纤尘不染，常年飘散着果香。

储秀宫应是慈禧心中最柔软的地方，也许，只有回到这个他最初恩待她的地方，沉湎于记忆中，她才能找到一丝往日的情味，寻回一个女人内心的缱绻温柔。在慈禧内心深处一直有一个遗憾——她不是从大清门抬进来的皇后。咸丰帝死后，她频繁给自己尊号，喜好听人颂圣，或许她正是想用这些虚名来为自己争口气，弥补自己不是正妻的缺憾吧？

从神武门走向乾清门，路那样长。时光那样不禁用，不知不觉就耗完了一生！

她过早地拥有一切，却也过早地失去一切。一个人守着衰落的帝国，孤独终老。

## 叁

清朝逸史中有这样令人玩味的一笔，坊间传为“道光帝猎场定太子”。说是道光帝年老之时，欲择定储君，命众阿哥围场行猎，本意是取射猎最多者为储君。结果六阿哥奕䜣斩获最多。四阿哥奕詝（后来的咸丰帝）文治武功均不及其六弟奕䜣，受教于其师杜受田，索性一箭不发，空手而归。道光帝问其原因，奕詝泣答：“儿臣见一母鹿携幼鹿，不忍射之，因射幼鹿母鹿必心哀而死，射母鹿幼鹿必无食而亡。”道光帝闻言赞叹：“真仁德之君也！”遂定四阿哥奕詝为储君，六阿哥奕䜣则被封为亲王。

这本源于春秋时期典故，被移花接木到道光年间，有几分真，不足为论。另一种传述，则更接近于真实。

道光帝病重之时，招二子榻前问策，考问其治国方略。两人入宫前，各自问计于其师。

奕䜣的师傅卓秉恬是四川人，嘉庆七年（1802年）进士，少年得志，长期担任工、兵、吏等部尚书及大学士等职，为官作风严谨，喜经世致用之学。他知奕䜣思维敏捷、接受能力强，便着意帮助奕䜣提高学识和应变能力，以真才实学博得道光帝的赏识。遂告曰：“上若垂询，当知无不言。”奕䜣于是侃侃而谈，于时弊对策无不头头是道，尽展胸襟抱负。

奕詝的老师杜受田是山东人，与卓秉恬风格迥异。杜受田追随道光帝多年，深谙帝心，亦深知自己的学生奕詝武功和辩才均不及奕䜣，应以忠厚孝悌的形象博取信任。杜受田对奕詝说：“条陈时政必不如人，故伏泣流涕仅表孺慕之诚为上。”奕詝依意藏拙，伏地痛哭，只道愿君父长寿安康。道光帝目睹二子不同表现，圣心默定，遗诏择定四阿哥奕詝即皇帝位，封六阿哥奕䜣为亲王。这道遗诏开创了“一匣双谕”

的先例，在清朝历史上空前绝后。

若干年后，英法联军入侵北京时，咸丰帝逃往热河，将恭亲王奕䜣留于帝都与洋人斡旋，奕䜣临危受命，幸不辱命。后人不免感慨，若当初由精明强干的奕䜣即位，或许大清国运不至于此，亦无后来两宫垂帘，西后慈禧专擅祸国，晚清乃至整个近代历史都可能改写。

但在当年，道光帝自有他的考量。六阿哥奕䜣精明强干，在他看来却是城府不足。四阿哥奕詝遇事谨慎，喜怒不形于色，在他看来正是老成持重，足堪大任。他喜欢文武全才的六子奕䜣，而内心深处真正信赖、寄予厚望的却是四子奕詝。

再者，四阿哥奕詝的生母，是道光帝一生最钟爱的女人孝全成皇后。孝全于道光十一年（1831 年）生四皇子奕詝于圆明园的湛静斋。关于奕詝的降生，宫中有一则传闻：原本皇五子奕誴之母祥贵人怀孕在先，皇四子奕詝之母全贵妃怀孕在后，但是，奕詝却早出生了十天，宫中传言这是全贵妃设法为之。说是御医诊视时，全贵妃询问是否可以早生。御医说可以早生，但恐寿命不会长。全贵妃表示：我想让他早生，你可以试一试，如果是大阿哥，我必重赏。于是御医用了催产药。可能也是因为这个原因，奕詝始终体弱多病。

奕詝虽是道光帝的第四子，但因皇长子奕纬的生母不受宠，奕纬本人又因不敬上书房的师傅而被道光帝盛怒之下一脚踢伤，惊惧而死（皇二子和皇三子都在两三岁时夭折），奕許遂成为道光帝实际的长子。清朝虽并不讲究嫡长子即位，但早生十天对他的地位而言，还是更有保障。

道光十三年（1833 年），因孝慎成皇后佟佳氏过世，六宫无主，全贵妃晋为全皇贵妃，居东六宫的钟粹宫，摄六宫事。道光十四年（1834 年）册全皇贵妃为皇后，谥为孝全成皇后。《清宫词》中有诗赞她：“蕙质兰心并世无，垂髫曾记住姑苏。谱成六合同春字，绝胜璇玑织锦图。”道光帝赐号为“全”，可见对其之满意，可知其才貌双全。她与道光帝的感情也颇为人称道。

道光年间内忧外患，风雨飘摇，第一次鸦片战争已爆发。孝全成皇后因支持道光帝改革吏治、禁烟等举动，惹来杀身之祸。道光二十年（1840 年），时年三十三岁的孝全成皇后暴卒于东六宫的承乾宫，成为道光年间一大宫廷疑案。

道光帝明知祸端为何，祸首是谁，碍于当时宫闱与外朝局势错综复杂，亦只能饮恨不言。这是他一生最深憾事。《清宫词·咏孝全其二》云：“如意多因少小怜，蚁杯鸩毒兆当筵。温成贵宠伤盘水，天语亲褒有孝全。”孝全成皇后生前死后都极受道光帝爱重，爱屋及乌，这份深情惠及了他们的独子奕詝。

有人说，道光帝在清朝诸位皇帝中，无论资质还是才华都算平平，不幸又赶上国运由盛而衰的多事之秋，忧患日深，力有不逮。如果说嘉庆年间是“山雨欲来风满楼”，挨到道光年间就是“黑云压城城欲摧”了。

奕詝和奕訢之间争夺嗣君的暗战，虽不似康熙帝晚年九子夺嫡那般血腥，却也是暗潮汹涌，寸步不让。道光帝临终前留下“一匣双谕”可谓用心良苦，借此调和兄弟二人的矛盾，希望他们能体察“兄弟同心，其利断金”的古训。

奕詝为人主，奕訢为股肱大臣的搭配，以期兄弟二人能共同应对日后错综复杂的局面，恐怕这也是这位命不久矣的老人自以为能做出的“绝佳”安排。可惜，这兄弟二人之间关系的微妙和日后的龃龉为道光帝所难料。

奕訢即恭亲王，封亲王是遵皇考遗命，这个“恭”字却是继承大统的咸丰帝苦心钦赐，以示恩赏和告诫。奕詝于道光三十年（1850年）正月即位，以次年为咸丰元年（1851年）。咸丰帝对奕訢心存忌惮，赋予他闲差，让他结结实实坐了三年冷板凳。直至咸丰三年（1853年），太平军北伐，李开芳的部队已进逼直隶，朝廷正值用人之际，咸丰帝才任命奕訢为署理领侍卫大臣，处理京城巡防事务。恭亲王奕訢处理防务井井有条，颇得赞许。

咸丰帝又下圣谕令奕䜣入值军机。恭亲王奕䜣才具得以施展。他审时度势，出台了一系列改革军政的政策，起用了曾国藩、李鸿章等将领，鼎力支持湘军、淮军的筹建和发展。如此一来，湘军、淮军迅速发展壮大；同时，以海关关税做担保，大量购置洋枪洋炮，提高了清军的战斗力，掌握了战场上的主动权。

对太平军战事的节节胜利，恭亲王功不可没，声望日隆。此时正值兄弟二人政治上为数不多的蜜月期，咸丰帝就势卖了个人情，传谕下去："恭亲王战事有功，着宗人府从优议叙。"这"从优议叙"人情不小，就是让宗人府组织宗室本家坐在一起为奕䜣论功评赏。虽然赏什么最后仍是由皇上说了算，但这份殊荣却是连开国功臣摄政王多尔衮也未享受过的。年轻而又大权在握的王爷便也如当年的多尔衮一般，踌躇满志，飘飘然了。

咸丰五年（1855 年）六月，奕䜣在为生母讨封的事情上矫旨而行，惹得咸丰帝翻脸，撤销他的差事，令其回上书房读书。整个咸丰朝，除了镇压太平天国和日后与英法联军谈判这种不得不用他的时候，奕䜣几乎没有受到重用。或许奕䜣忘记了，纵然这个在位的皇帝才干不及他，识不及他，气魄不及他，却依然是名正言顺的皇帝。只要皇帝存了整人的心，那是任谁都逃不掉的。

事情的经过是这样的：奕䜣的生母博尔济吉特氏在道光年间被封为静皇贵妃，摄六宫事，实为后宫之主。只是道光帝心念着早逝的孝全成皇后，一直不肯再立中宫，静皇贵妃的名位也就始终距离皇后名位一步之遥。

咸丰帝自幼随母居于钟粹宫，母亲孝全皇后薨逝时，咸丰帝才九岁，皇命交由静皇贵妃抚养。静皇贵妃于道光二十年（1840 年）由永和宫转居于钟粹宫，直到道光三十年（1850 年）才移居供太妃养老的寿康宫。

初时，咸丰帝与奕䜣年龄相仿，同在上书房读书，感情深厚，如同胞兄弟一般。长成之后为争夺皇位，暗成敌手，心生嫌隙。从咸丰帝的角度看，自己的生母含冤九泉，未及享受皇太后的尊号，为人子的难免心有所憾恨。他明白道光帝的心意：既然先帝生前不封静皇贵妃为后，且临终前的安排亦表明，在道光帝心中静皇贵妃终此一生是妃，而不是后，那么今时今日的自己又何必越俎代庖，多此一举？

咸丰帝即位之后，即尊静皇贵妃为皇考康慈皇贵太妃，效道光朝成例，奉养先帝侧室又非生母的博尔济吉特氏于寿康宫。咸丰帝以道光帝侍奉孝和太后的方式来侍奉康慈皇贵太妃，日日探病问安，无异于亲子。在咸丰帝看来，他的所作所为已经逾制，足够报答养母的抚育之恩了。但为何奕䜣还居功自傲，得陇望蜀，不知进退？对这个弟弟，他有一腔怨愤，实难忍下。

据说康慈皇贵太妃病危时，咸丰帝与奕䜣轮班为其侍奉汤药。临终那一日，皇贵太妃神志已昏，错把咸丰帝当作儿子奕䜣。她流着泪，执“儿子”手说道：“吾旦晚必不起，受天下之养者数年，死亦何憾。但恨汝父当年欲立汝时，吾矫情力辞，铸此一错，使汝从此低首他人下耳。”当太后看清面前的人不是奕䜣而是奕詝，惊得魂飞天外，溘然长辞。

从奕䜣的角度看，为母争得一个名正言顺的封号，在其母临终之前完成她的心愿，既是他今时今日权势地位的体现，也是对一个后宫女人地位的盖棺定论。咸丰五年（1855 年）六月，康慈皇贵太妃病笃，奕䜣几次讨封，咸丰帝都不置可否。恭亲王奕䜣后来借自己军机大臣的身份，到军机处传谕，令礼部准备册封皇太后典礼事宜。此等“圣意”一经散播，咸丰帝骑虎难下，只好封博尔济吉特氏为康慈皇太后。

事后察觉被算计的皇帝如何能不恼火？他对这位敢僭越的弟弟的报复来得也快。先是在皇太后丧礼之际，以“恭办丧仪疏略”的罪名降下谕旨，剥夺奕䜣主理丧事的权力。再来就是降下严旨申饬，将先帝命封奕䜣亲王的始末存档入牒，昭告后人。继而解除他的其他职务，令其回上书房读书。惩罚不可谓不重。

此后，奕䜣又坐了六年冷板凳。咸丰十一年（1861年），咸丰帝驾崩，临死托孤，遗命立独子载淳即位，令肃顺等为顾命八大臣，辅佐载淳。作为近支亲王的奕䜣反而不在顾命之列。直至辛酉政变后，两宫回銮，改年号为“同治”，奕䜣才被封为议政王，重返权力核心。

## 肆

咸丰年间江南未平，山东战端又起；域内未弭，夷人又至。嘉庆朝以前，只有边陲的鳞甲之患，至道光朝，也不过是英夷为了鸦片逞凶，哪像这几年内忧外患，纷至迭起，不独东南半壁堪忧，甚至夷人内犯，进迫京师，故不得不到热河避难。

内忧外患，咸丰帝不能力挽狂澜，内心自责，又秉性、体质孱弱，遂于盛年而亡。他临终前的安排不可谓不周详，既封了八位顾命大臣（亦称“赞襄政务大臣”），又将自己刻有“御赏”和“同道堂”的两枚印玺分别赐给皇后和懿贵妃（慈禧），以二玺代替朱笔，诏谕日后凡辅政大臣所拟上谕，必须前后加盖这两枚印章方能奏效。

鉴于康熙年间鳌拜专权的先例，咸丰帝此举意在使双方相互牵制，望他们同心辅弼，图一个江山稳固，不料遗下了日后争权的祸端。

年轻又野心勃勃的慈禧不甘受制于人，联合在京蓄势待发的恭亲王等先下手为强，发动了政变，翦除了顾命八大臣的势力。究其本质，辛酉政变是清皇室内部的权力斗争，缘于帝胤贵族同宗室贵族的势力角逐。两宫皇太后特别是西后慈禧，联合了帝胤贵族的势力，打击宗室贵族，取得了胜利。

政变带来了清朝政治体制的一次重大变革。经过辛酉政变，否定了顾命大臣，开始由两宫太后垂帘听政。辛酉政变后的恭亲王奕䜣被加封为议政王，同时身兼领班军机大臣、总理各国事务衙门王大臣、宗人府宗令、总管内务府大臣数项要职，权倾一时。

两宫太后为笼络恭亲王，将其长女封为固伦荣寿公主。“固伦”为满语，意为“天下、国家、尊贵”，固伦公主是清朝公主的最高等级，一般只有皇后所生的女儿才能册封为固伦公主，妃子所生之女只能封为和硕公主。但也有例外，比如乾隆帝的小女儿固伦和孝公主（淳妃所生），咸丰帝唯一的女儿固伦荣安公主（丽妃所生），均是因为受到皇帝的特别宠爱才获此封号。亲王之女被封为公主的最高等级，更是特例中的特例。对恭亲王而言，此等恩遇，也是前所未有的。

与顺治年间的不同在于：此时既由帝胤贵族担任议政王、军机大臣，又由两宫太后垂帘听政。就是说，此时是由皇太后与恭亲王联合主政，只是到了后期才逐渐演变为慈禧独揽朝政的局面。随之又产生一个制度：领班军机大臣由亲贵担任，军机大臣由满族两人、汉族两人组成。同治年间，大体维持了这种五人组成的军机结构局面。

辛酉政变后的四年，年轻的慈禧羽翼未丰，仍需借重恭亲王等亲贵的力量来平复众议，应对局面。这期间亦是奕䜣一生中最好的时光，处于其政治生涯的巅峰。辛酉政变后，并未大肆株连政敌，叔嫂二人配合默契，任用能臣，共同打造了“同光中兴”的局面。

身为晚清洋务派的核心首脑，亦是清朝权贵中少有的清醒之人——奕䜣确实见识过人，能够顺应时势，知所进退。不管史家如何论述，客观地讲，洋务运动的兴起和洋务派所做的诸般努力，确实推动了古老帝国近代化的进程。若在当时，奕䜣掀起夺位风波，中国当时所面临的困境当更不堪设想。

坊间流传，奕䜣与慈禧之间，似有情似无情。便真有此意，亦是引而不发，这一缕似有若无的情愫，终是助她珠帘御座，生杀大权皆握在手中。宫墙内外，这点缱绻情思，终泯于皓皓冷月中。

忆昔宫灯夹道，玉辇清游，何等逍遥。今日关河冷落，先祖百余年苦心经营，千门万户，琼楼金阙的宫苑，大半成了劫灰。这等性命攸关，家国天下生死存亡的关口，儿女情长又算得了什么？便如当年孝庄对多尔衮熄了心，慈禧亦对奕䜣绝了念。

紫禁城这座围城，困住了太多人。爱与憎，欲与孽，轮番厮杀；斗争与妥协，永无止境。他们熬过春夏秋冬，用尽心机去生存。“寒如明月冷如霜，生死杀伐早寻常。皇恩今朝纵断尽，不话凄凉话天凉。”（流潋紫《后宫·甄嬛传》）既然一生注定要在红墙中终老，她所要把握的就不是这个男人，而是触手可及的皇权。

慈禧守寡时只有二十七岁，却早早尝到了风烛残年的滋味。

忘情弃爱，这伴随余生的寂寞，只有靠权势来填满。往事如瓦斑驳，宫廊几重明暗。一朝坚定了心念，斩断情感束缚。慈禧的果断决绝非奕䜣所能意料，心机谋略也是他所不及。她羽翼渐成，他渐渐落了下风，权柄与锐气渐失。

一生之中，奕䜣几次距离皇位仅一步之遥，却又四遭罢黜，数十年间起落不定。他整顿吏治，改组军机处，支持左宗棠收复新疆，主持涉外事务，重用汉臣，兴办洋务。近代的军事工业、教育、铁路、电报、机器制造业，几乎都是在他的操持下创建的。他几欲力挽狂澜，又数度无功而返。

春去秋来，赋闲十年，恭亲王深居简出，做了闲散亲王却也眼明心亮，深明关窍。就像人必须接受衰老的现实一样，他必须接纳的是，他的时代已经过去了。纵有万丈雄心又如何？这江山社稷积重难返，回天乏术，他的锐气已随风而去。时代发展看似纷乱，冥冥之中自有定数，非一己之力所能挽回。

偶尔，他会不会临轩感怀，想起宫阙深处那人似有若无的情意、半真半假的利用？“独自莫凭栏，无限江山，别时容易见时难。”怨不得人，离皇位一步，便俯首了一生。这一世磋磨沉浮，手足之情，君臣之义，宠辱恩怨，爱恨悲怨，得意失意，都付与无常，将来祸福难料，家国大业也交予后来人。

转眼到了光绪二十四年（1898 年）。这一年，晚清名重一时、权倾一时的风云人物恭亲王奕䜣撒手尘寰。

命如星辰，有人黯淡，有人炽烈，所有悲欢离合，前尘旧憾，不过赢得楼船画舫间的几声叹息。前朝旧事，都如斜阳巷角，断鸿声远。

在他身后，另一场大的政治风云——戊戌变法正在酝酿……

## 伍

“赵家姊妹共承恩，娇小偏归永巷门。宫井不波风露冷，哀蝉落叶夜招魂。”这首《清宫词》咏的是光绪帝挚爱的珍妃。珍妃与姐姐瑾妃同被选入宫，唯她独得恩宠，风头一时无两。后被慈禧沉井，留下一段唏嘘往事。

她与他的故事，明明生死相许得独一无二，偏偏形容惨淡，容易叫人遗忘。人们所乐道的爱情故事里，光绪帝和珍妃始终不是生死相许的范本。是否因为，他们的生活中始终存在着一个绝对强势的敌手——慈禧。

晚清的一段逸史是属于慈禧的时代。善与恶，好与坏，风光败落，生杀予夺，一切凭她翻云覆雨。慈禧的过于强大反衬出光绪帝的渺小。光绪帝的落败早是必然。而聪明伶俐、胸有抱负的珍妃在她面前只是乳臭未干、过早开始张牙舞爪的小丫头。

戊戌变法的失败更暴露了光绪帝性格的弱点和政治的无力，而人们总是习惯于对弱者抱以同情，却依赖强者做出判断。那些会被永远记取的失败，失败者都是强者而非弱者。譬如霸王之于垓下，项羽始终是个强者。人们对强者的失败念念不忘，却将弱者的失败视为理所当然。

在很多关于他们的故事版本里，我们看见的都是一个阴险狠毒的老妖婆处心积虑地对付一对真心相爱的有志青年，扼杀他们纯洁高贵的爱情，以致将女的投井而死，男的郁郁而终。

故事的结局是这样，不代表过程也是这样。众所周知，慈禧安排光绪帝择定自己的侄女为皇后，光绪帝原先中意的第一女主角德馨因为才貌过于出众而被踢出局。不料这反而间接成就了光绪帝与珍妃这一对爱侣。

虽然受当时照相技术和器材等客观条件所限，但隆裕生得不好确是事实。若她有慈禧当年容色之一二，性格再机敏可人一些，恐怕光绪帝也不会对她冷淡如陌路。每每看到光绪帝后妃图，当中唯有珍妃面目周正，圆圆的脸上婴儿肥未退，柔和的眼眉，团团的喜气犹带少女的娇憨。虽离绝代佳人尚远，但还算讨喜。

在对待光绪帝婚姻的问题上，慈禧充分显示出不容置疑的霸道嚣张，生生塞给他一个隆裕。谁叫他的皇位是她给的？光绪帝果然不敢有异议，转而将情感投射到看起来恬美可人的珍妃身上。

十三岁的少女初入宫禁，即晋位为嫔，不久又册封为妃，赐居于东六宫的景仁宫中。姐姐瑾妃性格温厚，姿色平平，亦不与她争宠。与谨小慎微的姐姐瑾妃和木讷不招人待见的皇后隆裕比，她的后宫生活显然更丰富多彩，有滋有味。

八旗家的小姐，只要生得周全，多半会入宫。但与一般满洲贵族小姐不同，珍妃自幼随伯父长善生长于广州，长善给了她良好的教育。当时广州是全国的口岸城市，比之北京，更开放且具有商业活力。珍妃性格开朗，与此地蓬勃开放的风气正相宜。进得宫来，亦比长居京城的姑娘显得聪明伶俐。

珍妃的出现，对一直郁郁寡欢的光绪帝而言是令人振奋的。这年轻貌美的少女的活泼气息，如同夏日闷热午后的一场清雨，雨后有清甜的果木香，呼吸起来亦有畅快喜意。

从来皇帝是无从恋爱的，而他的处境格外尴尬，虽位居九五，实则寄人篱下，比旁人更孤独，更心事重重。唯独同她一起，他可以放松下来，展颜一笑。她那些当时看上去时髦的、不合时宜的爱好，又使得向往西方文明的皇帝同她志趣一致，如遇知己。

他知道她与身边的其他人不同，她是专注忠诚于他的，以一个纯情女子勃勃的青春来供奉他，仰慕他。她茂盛的情意使得他黯淡孤寒的生活得以显现生机。她也确实是爱他的，稚气的她有理由相信良人如天，更何况良人是九五之尊。她与他都对美好未来有向往，在那个遥远的将来，只有果敢有为、抱负得展的皇帝，没有面目可憎、一手遮天的慈禧，甚至连那面目寡淡、无能无趣的隆裕也不存在。

但她不知天外有天。初入宫时，因慈禧也喜欢伶俐人，对她尚不算坏，有时也教她写字赐福于王公大臣。但后来慈禧发现她锋芒毕露，不单是对皇后，甚至隐隐有不把自己放在眼里之感，由此罅隙日深。

珍妃与光绪帝的同盟结得太过明显，当她意识到自己的丈夫正受到慈禧的压制却敢怒不敢言时，女人对女人天然的厌恶和不屑，促使她反抗慈禧的方式比光绪帝更直接，更激烈。

后世人们对珍妃的赞赏其实过誉了，她并不是什么勇于反抗黑暗统治的女中豪杰，只是爱情使她兴起要为将来扫除障碍的孤勇。她身在其中更清楚，只有与慈禧对抗到底，直至击败她，才可能死中求生。

她要保护她的男人，可惜她选错了对手。老谋深算的慈禧比谁都看得清楚。所有人都在她的股掌之中，连老奸巨猾的权臣悍将都被她收拾得服服帖帖，慑服于她，何况是小小的珍妃和光绪帝。她当初喜珍妃是因为珍妃像自己，她后来不喜珍妃亦是因为珍妃像自己。

珍妃也好弄权，恃宠卖官鬻爵，为光绪帝网罗亲信。她的深明大义只限于支持光绪帝，她并不是忧国忧民的人，也无多少深谋远虑。她只是坚定不移地站在自己男人一方。她勇敢是因为她还来不及不勇敢。

假如慈禧死在光绪帝之前，光绪帝熬油似的熬了那么多年之后，终于出头，珍妃会不会成为第二个慈禧实在难以定论。以光绪帝那不顶事的身子骨，以及他对珍妃的专宠，珍妃干涉朝政也是自然而然的事情。

珍妃犯了慈禧的忌。慈禧岂会允许这一切发生？她绝不冒险，所以要在刚刚萌芽时就斩草除根。杀珍妃的心早已有之，只待合适时机。1900 年，八国联军攻破北京，庚子之变前夕，慈禧带着光绪帝出逃，下令将幽闭于宁寿宫景祺阁后冷宫废院里两年的珍妃唤出，沉井。

据说，珍妃死前仍顶撞慈禧，被拉出去时高呼：“皇上，来世再报恩了！”这一声呼喊催人泪下。没有最后的诀别，不问亦知，她有多么凄厉不甘！孑然分手、被迫离散是所有悲剧爱情的节点。

格外使人唏嘘的是，皇帝保护不了自己的爱妃。他们是真的生死相许，也因此在被命运颠覆时，凄惶更甚于普通人。如《瀛台泣血记》里所写，光绪帝在珍妃死后越发形如槁木、心如死灰，日日常对珍妃旧物—— 一顶帐子思忆故人。

宁愿她是被赐鸩毒或是悬梁自尽，他总还能抱住她一点点冷却的尸身，将她的血肉揉进身体，将同她一起的记忆化进余生，哪怕化作不可泅渡的暗河，总好过他现在两手空空，一无所有。

过早地被迫失去，滤去了将来可能发生的矛盾冲突，转而造就了永远的怀念和追思。

他怀念她，有一点点稚气的她。她护着他，跟整个宫廷作对。她给他的保护那么小，却那么多，因那是她的全部，也是他拥有的全部。

无端想起乔峰对阿朱，“塞上牛羊空许约……”那永远也践不了的约，于他，也是一样的。

当年，她曾与他笑言：“皇上，不如我们效法明治天皇扮作学子，游学欧洲……”她对未来总有新鲜刺激的想法，鼓舞着他。如今，生死相隔了。剩他一人，生不如死。长相思，摧心肝。

她死去时，他不在现场，事后亦感同身受。知那一声凄呼如孤雁哀鸣。离开了她，他亦是失伴孤雁了。

贞顺门内的那口小井，我去看过。圆圆小小的井口，要跳下去不被卡住也很难，她应该是被生生推下去的。

在沉没窒息的瞬间，她可曾忆起短暂华年中与他共度的时光？那是身处这孤冷坟墓中仅余的暖身之物。她对他所有澎湃的爱意都随肉身一起没入井底，如种子深埋地下，等待下一次的轮回重生。

如那激扬的必将沉淀，那不可一世的也必将被洗掠一空，归于尘埃。

乍著微绵强自胜，荒台古槛一凭陵。
波飞太液心无住，云起苍崖梦欲腾。
偶向远林闻怨笛，独临虚室转明镫。
绝怜高处多风雨，莫到琼楼最上层。

——袁克文《明志》

# 第八品

# 悲凉

## 景山

明清两代的御园，与故宫神武门临街正对，曾是全城的制高点，也是明朝亡国之君崇祯帝寻短见处。在景山回望故宫，五百年来这里的人皆归尘土，只留下一座座宫殿供后人凭吊感怀。

## 光绪帝

从踌躇满志的少年天子沦为囚徒天子，光绪帝的命运，何尝不是故宫中所有人命运的缩影？这煌煌紫禁，埋葬的何止是女人的青春，还有男人的雄心。在只可独占，不可分享的权力面前，人性和情感不堪一击，但被时间洪流冲洗过后，曾经的理所当然是多么的荒诞可笑。

再见故宫！

## 壹

时光退至崇祯十七年（1644年）。三月十九日，天未明，时李自成军已攻入皇城，崇祯帝朱由检亲自鸣钟召集百官。此时不是烽火戏诸侯，而是真正的兵临城下，大明朝面临着灭顶之灾。可是，悲情皇帝朱由检得到的却是和周幽王一样的待遇——无一人至！

太和殿空空荡荡，朱由检独坐远眺。大殿犹如墓穴，身下御座冰凉，广场上再不会有鱼贯而入、等待朝觐的百官，他们默契地弃他而去，身后的匾额是一个昭彰险恶的笑话。

说什么上承天意，下顺民心。平日里称孤道寡，大难临头他成了真正的孤家寡人。他不是荒淫无道，丧了民心。他是生不逢时，力不从心。

“时运不济”这个词用在别处犹可，用在皇帝身上总有些黑色幽默的味道。上天和大明王朝开了一个不小的玩笑，明朝最勤政的皇帝（除开国皇帝朱元璋外），偏偏出现在它日薄西山、行将就木之时。

从朱由检开始往前数，朱家儿郎的种种荒唐举动，实在让人叹为观止。

朱由检战战兢兢，从皇帝哥哥朱由校手中接过皇位。登极十七年来，心知国势式微，内忧外患，是以兢兢业业，不敢怠慢。似他这般才干的人君，如果出现在明朝中期，以其刚毅勤勉，纵不能开疆辟土，但做一个中兴守成之君，当不在话下。奈何，国运已被挥霍一空，任他如何励精图治，明朝气数已尽，势不可挽。

再往前数，崇祯帝的爷爷明神宗万历帝，简直就是中国历史上熠熠生辉的一朵奇葩。怠政且不提，还是少见的守财奴。康熙帝听前朝宦官谈起万历帝敛财，在养心殿挖地窖藏银二百万两，却陆续被太监盗空的往事，不禁摇头叹气。同样贵为天子，康熙帝怎么也想不通万历帝怎么会和民间的地主一样?

从杀人狂到暴君、顽童大将军、道士、守财奴、木匠，朱元璋的基因在其后世子孙身上发生裂变，年岁愈久，愈让人无言以对，叹为观止。

## 贰

历朝历代的宫闱都不太平，却以明朝的宫斗与国政牵涉最深。

人言唐朝多女祸，前有高阳公主，后有武后，继以韦后、安乐公主、太平公主。在我看来，那些人好歹是有些根器和志向的。明代女祸动摇国本，贻害尤甚于唐，且段位之低，令人哭笑不得。

明朝历史上，宣德、景泰、成化、嘉靖四朝都有废后之举，至于宠妾辱妻、宠妃夺嫡之事更是此起彼伏、屡见不鲜。至万历、泰昌两朝更是登峰造极，发生了扑朔迷离的“明宫三大案”。

不幸的是，这三件要案均与朱由校、朱由检兄弟俩的父亲光宗朱常洛有关。

万历四十三年（1615 年）五月，宫外男子张差手持木棒直闯大内，进入东华门，直闯皇太子朱常洛居住的慈庆宫，见人就打，幸被内监捕获，未伤及太子。事后朝野震惊，舆论直指牵涉极深的郑贵妃，郑贵妃见势不妙，急向皇帝求援。

万历帝着力为爱妃开脱，软硬兼施暗示太子不要追究，为此不惜打破多年不见外臣的局面，与太子联袂上演了一出“父慈子孝、家庭和睦、外人勿忧”的戏码，看得群臣目瞪口呆。

国之储君，深居内廷而遇袭，差点儿命丧狂徒棍下——此等关乎社稷的要案，放在哪个朝代也没理由轻易放过，而在万历朝，最终仅以处死主犯和几个涉案的内侍草草了结。

对于后面两案的处置，就更匪夷所思了。

万历四十八年（1620年）四月，万历帝朱翊钧沉疴不起，撒手人寰。八月初一，太子朱常洛继位，是为光宗。为使光宗摒弃前怨，封自己为皇太后，郑贵妃竭力笼络光宗宠爱的李选侍（因当时东六宫还有一位李姓妃子，故将随居于乾清宫的李选侍称为“西李”），令其代为进言。两个有心机的女人一拍即合，狼狈为奸，合谋太后和皇后之位。郑贵妃精心挑选了一批珍奇珠宝和好几位能弹会唱、婀娜多姿的美女献给朱常洛，朱常洛欣然笑纳。

金银珠玉，声色之娱，加上李选侍从旁美言，光宗很快就将自己曾经遭遇的杀身之祸，以及母亲王恭妃多年以来因郑贵妃所受的冷遇和折磨，一并抛诸脑后，兴致勃勃地准备册封“西李”为皇后，封郑贵妃为皇太后，后因遭到大批官员坚决反对才悻悻作罢。

朱常洛是个苦孩子，辛辛苦苦熬了这么多年，终于登极即位。胆战心惊、朝不保夕的日子过惯了，一朝没了拘束，便如穷人乍富，纵情声色，沉湎女色。登极时身体并无大碍，不日“圣容顿减”“病体由是大剧”。说他累着了是真，要说他是忧心国事以至于龙体欠安，则未免牵强。

首先，以朱常洛历年来的表现看，实在很难让人相信他对国事有多忧虑。更何况，登极之初，先君之丧，紧临着新君即位，一连串大事，按部就班处理下来，礼法冗繁，就算再有想法和作为的皇帝，亦不会立刻殚精竭虑于政事。

从后来发生的种种怪事中大致能猜到，朱常洛大病的主因是身体底子差，骤登大位，难免有大喜大悲的情绪起伏，紧接着又纵欲过度……假如，再恰巧碰上别有用心的御医……几下里交错，焉能不坏事？

朱常洛患病之后，时司礼监秉笔、掌管御药房的内医崔文升入诊帝疾。朱常洛服药之后腹泻不止，卧床不起，不能视朝。崔文升本是郑贵妃宫中人，现在皇帝陛下被他治得病势沉重，朝臣们闻知此事，联名上书，认为崔文升进药是受郑贵妃指使，包藏祸心，欲置皇上于死地。

实话说，这样的推断和担忧并非空穴来风。郑贵妃惑乱后宫、干涉朝政的劣迹由来已久。万历、泰昌两朝的几大政治事件，国本之争、福王就藩、梃击案、移宫案都和她有密切联系。她或为主谋，或是同谋，若非暗中指使，也少不了推波助澜。总之，她绝对是个不甘寂寞的女人。

自万历十年（1582年）入宫，位列九嫔开始，被封为淑嫔的郑氏就遇上一生对自己百依百顺的男人——明神宗朱翊钧。是前世的因缘也好，后天的努力也罢，从此以后，她宠冠后宫，凭自己的艳美聪慧、机警阴狠斗败了后宫所有的女人，将皇帝收入彀中。

无论是位分高于她的王皇后，还是生了皇长子的王恭妃，都在她的打压之下郁郁而终。以感情、才智、美貌论，郑氏当之无愧是神宗的佳偶。如果她顺理成章成为皇后，她所生的皇三子福王朱常洵理所当然继承皇位……如果大臣不那么古板，坚持立长立嫡的祖法，以皇帝的坚持，明朝的历史或被改写……可惜，任凭郑贵妃用尽心机，即使与皇帝联手，亦不能如愿将儿子送上皇位，自己更是与皇后之位失之交臂。

而即位的朱常洛，是个极不适合当皇帝的人。甫登大位就已经忘了受辱多年的母妃在景阳宫中哭瞎了双目，含恨而终的凄凉。朱常洛自己亦多年受父王冷落，皇储地位几次受到福王威胁，尊严扫地。归根结底，这都与郑贵妃从中作梗有关。现在，郑贵妃只是投其所好，稍稍使了点手腕，他转头就要封她为皇太后！

接下来，就发生了“红丸案”。话说朱常洛病重时，御药房首领受责，众太医束手不敢出头。后来鸿胪寺丞李可灼自称有仙丹妙药可治帝疾，朱常洛病急乱投医，命身边的太监速召李可灼进宫。李可灼诊视完毕，朱常洛命其速速进药。诸大臣因李可灼非医官，亦非知药知脉者，再三劝告皇帝慎重用药，但皇帝不听。

李可灼进红丸一粒。朱常洛入药前还在一直喘气，入药后竟然不喘了。

惴惴不安的大臣们等候在宫外，直至宫内太监出来传话：皇上服了红丸后，“暖润舒畅，思进饮膳”，大臣们才心头稍安。过了几日，李可灼又进一丸，次日（九月初一）卯刻，光宗竟然薨逝！而此时，距离他即位只有二十九天。

李可灼究竟该如何论处，大臣们意见不一，一直争了八年。“红丸案”成为天启朝党争的题目之一。皇帝突然死亡，李可灼着实可疑，至少该立刻关禁闭，终身永不叙用，早早发落绝了众议才是，怎么能留着做口舌之争呢？神奇的是，李可灼在魏忠贤掌权期间居然还能任总督漕运兼管河道。

倒霉太子、短命皇帝朱常洛薨逝后，余波未平。朱常洛的宠妃李选侍挟持太子朱由校盘踞乾清宫不出，以此要挟朝臣，以期达到位尊太后、干涉朝政的目的。左光斗、杨涟等大臣据理力争，与太监王安里应外合，将朱由校接出乾清宫，脱离“西李”掌控，后又在文华殿紧急升殿，接受百官朝拜。朱由校被迎入别宫暂居，由朱由校的东宫伴读太监王安保护其人身安全，并议定于六日举行登极大典。

朱由校登极大典日期迫近。至初五日，“西李”尚未有移宫之意，并传闻还要继续延期。内阁诸大臣站在乾清宫门外，迫促李选侍移出，王安亦在乾清宫内力驱。一面人质走脱，另一面谈判破裂，见大势已去，“西李”只好搬离乾清宫。朱由校登上皇位，是为熹宗。事后，熹宗仍奉“西李”为康妃，“移宫案”至此方告一段落。

在这场鸠占鹊巢的谈判中，“西李”一个妇道人家，手中无兵无权，仅仅是盘踞乾清宫就能和大臣胡搅蛮缠这么久……明朝如此标榜礼法的朝代，能生出这样的闹剧，真是让人啼笑皆非。

## 叁

日月昏沉。

朱常洛即位，仅仅是丧钟敲响的第一声。大明朝病入膏肓，日薄西山。反观崛起于白山黑水间的悍族女真，此时正生机勃发，野心勃勃。

明朝时，女真分化为三部：海西女真、建州女真和野人女真。三部中以居于辽宁的建州女真文明程度最高，彼时在首领努尔哈赤的带领下，统一了女真各部，自立为汗，国号为金，称之为“后金”。努尔哈赤创立了八旗制度和猛安谋克制，实行兵民合一的政策，以“七大恨”誓师讨伐明朝，秣马厉兵以图中原。清朝草创之时，一代更比一代励精图治，他们最后能定鼎中原，绝非偶然。

眼看着大明王朝摇摇欲坠，老朱家的子孙们有的摆出一副事不关己的样子，有的则束手无策。遥想明朝建国之初，朱元璋分封诸子为藩王，手握重兵镇守各地，以为天下为一家人之天下，必能固若金汤，却忘了权力野心亦会让人忘却所谓的亲情和道义。藩王手握重兵，相当于一个个独立的小朝廷。一旦藩王势大，国君式微，势必会出现臣夺主位的悲剧。

朱元璋高估了自己设计的制度，低估了遗传基因的力量，果然祸起萧墙。帝位传到第三代朱允炆时，发生了靖难之役，身为叔叔的燕王朱棣起兵谋反，将建文帝赶下台，自己当了皇帝。

明朝皇帝普遍短命，好几个还未立后就已身亡，帝位更迭频繁，令人眼花缭乱。大臣们在一次次的政治斗争中被迫学得精乖，忙着站队，忙着党争，渐渐君臣离心，臣民离心，吏治黑暗，争斗不息，国势江河日下。

在如此动荡不安、危机四伏的情形下成长的老朱家子孙，性格多多少少都有些缺陷。光宗朱常洛因生母卑微、父亲神宗万历帝独宠郑贵妃及其子福王朱常洵的缘故，一直不为父钟爱，太子当得有名无实，艰险重重，内心更是备受冷落。后来好不容易即位，本就孱弱的身体被别有用心之人小施伎俩就一命呜呼了。崇祯帝朱由检的哥哥、光宗的长子熹宗朱由校即位之后，只知埋头做木工，宠幸奶娘客氏，纵容魏忠贤，阉党横行到无法无天的程度。

绝对的尊崇造成了绝对的专制和昏聩。帝王的孤独在于只相信权力。为了牢牢把握住仅有的立身之本，在情感上只能选择依赖身边的人；在制度上则以科举八股来控制麻痹天下士子，大兴文字狱，禁锢思想，设立锦衣卫、东厂西厂等特务机构来控制臣僚。

要想在外戚和宦官之间获得微妙的平衡，需要为君者有很强的制衡能力。遗憾的是，老朱家的儿郎普遍缺乏这种素质和能力。明之阉祸甚剧，追汉超唐，登峰造极，以至于我们提到阉祸，第一时间会想到天启朝的魏忠贤。魏忠贤能有如此大的破坏力，也并非因为他有多少过人之处。史载：“忠贤不识字，例不当入司礼，以客氏故，得之。”但根本原因还是为君者的昏聩以及制度本身从里到外的溃烂。

其实，在魏忠贤“一阉致党”力拔头筹之前，明朝宠幸宦官致祸的历史已蔚为可观，王振、汪直、刘瑾无一不是祸乱朝政，只手遮天。阉党为祸，亦证明了曾经强大到能战胜世界征服者蒙古铁骑的大明王朝已经腐败至极，正在走向衰微，直至覆灭。

## 肆

光宗朱常洛跟他父亲万历帝其实是一丘之貉，本性都薄情寡恩，倾心的都是善于逢迎、心机深沉的女子。

而纵观朱常洛的儿子熹宗朱由校的一生，从降生开始，就与忧患同在。朱由校幼年并不幸福，他的生母是低等婢妾，生子而无宠，获罪，被下令杖杀。随后朱由校交由庶母李选侍抚养，以“西李”之刻薄，朱由校的际遇可想而知。数年后，又改由另一庶母庄妃（“东李”）抚养，庄妃倒是为人宽厚仁慈，朱由校的际遇也因此稍加改善。

朱由校的弟弟明思宗朱由检不同于哥哥对阉党的盲目宠幸，身为皇子的他在宫中目睹了宦官种种骄横跋扈、目无尊上的行径——他视为慈母的庄妃的郁郁而终，已足以令他刻骨铭心。纲纪败坏、朝廷法度荡然无存，即使贵为皇弟亦朝不保夕，如履薄冰。朱由检敢怒不敢言。

天启二年（1622 年）朱由检被封为信王，但一直住在宫中。直到天启六年（1626 年）才迁至信王府。天启七年（1627 年）朱由检十七岁，选城南兵马副指挥周奎之女为王妃，即后来的周皇后。是年，熹宗薨逝，无子，遗诏立五弟朱由检为帝。

不管怎么说，即位之后的朱由检比他的糊涂哥哥看起来更让人有盼头。朱由检对阉祸深恶痛绝，继承皇位之初，即以霹雳手段处置了阉党的核心人物，下令彻查阉党。天启七年（1627 年）十一月，魏忠贤自杀，客氏入浣衣局后被笞死。客、魏一死，阉党树倒猢狲散。阉党二百六十余人或处死，或发配，或终身禁锢。与此同时，朱由检下令平反冤狱，重新起用天启年间被罢黜的官员。拨开乌云见青天，至少从表面看来，明朝历史上最黑暗的一页已经翻过去了。

崇祯帝朱由检的果断作为让许多人重燃希望，他自己也欲力挽狂澜，成为中兴之主。他十七岁即位，在位十七年，他的帝王生涯用“旰食宵衣”来形容并不过分。召集阁臣，咨问政之得失，讨论兴亡之道，明察施行之功过，事必躬亲。

崇祯帝自言："朕自御极以来，夙夜焦劳，屡召平台，时勤商榷，期振惰窳……"这不是自吹自擂，而是不争的事实。所谓"屡召平台"，是指皇帝亲自接见群臣，处理日常政务。这种制度自明正德起就已经消失，对大臣而言，恢复的概率几乎是零。失望多年，他们也早已习惯不抱希望。

意想不到的是，朱由检不但将其恢复，还一直坚持下来。他郑重承诺，除酷暑奇寒等过于恶劣的天气外，"朕当时御文华殿，一切章奏，与辅臣面加参详，分别可否，务求至当"。他偶因"不豫"而临时罢朝，被大臣指责，事后崇祯帝不但不会打击报复，还会自责道歉。

当我走过文华殿，想起这些过往，百感交集，不禁深深叹息，为崇祯帝而悲哀。当年朱由校也是在这里被大臣迎立，结果把大明朝推入万劫不复的境地。轮到朱由检，看似山河如旧，实则早已换了人间。

九重三殿谁为友，举世皆浊谁独清？我站在这里，仿佛还能看见崇祯帝操劳的身影、忧虑的神色。臆想中这男人神色刚毅、气质阴郁深沉，经年的忧患、战争的失利、亡国的阴影盘桓不去，本该意气风发的他华发早生。公正来讲，朱由检的操劳、勤勉、自律，与明朝中后期皇帝的怠政着实不同。

"非亡国之君，而当亡国之运。"——后人多这样评断朱由检。

彼时天下饥馑，民不聊生。崇祯帝体恤民生，减膳撤乐，内无声色犬马之好，外无骄奢淫逸之行。

崇祯朝有个逸闻。他的皇嫂（天启朝张皇后）、周皇后、袁贵妃和田贵妃，都有共同的嗜好，就是自己设计服装。天启朝张皇后追想唐朝的霓裳羽衣，用素色和黄桑色的绫搭配设计了鹤氅服；周皇后设计了月白色透着朦胧红色的纱衫；袁贵妃则设计了一身天水碧色的飘逸服装，陪皇帝在月下散步；崇祯帝最宠爱的田贵妃多才多艺，将江南服饰带到了宫中，谓之“苏样”。

过节时，承乾宫侍女们的头饰都是由田贵妃插戴的，别样新奇，令别宫侍女们艳羡。袁贵妃也擅长用生绡和蜡制作各种颜色的仿生花。春夏时节宫眷们头上插戴鲜花，入冬时节就插戴袁贵妃做的仿生花，称之为“消寒花”。有宫词赞曰：“花朵宜簪风髻高，染绡捻蜡一丝牢。图中九九消寒未，且放春风入剪刀。”

与这几位佳人相伴，看她们如此争奇斗艳，可能是他十七年内忧外患的皇帝岁月中为数不多的奢靡和消遣了。

崇祯帝在位期间，一方面六下罪己诏，极力缓和各种社会矛盾；但另一方面，为时势所迫，战乱所驱，国家财政入不敷出，他又不得不加重赋税盘剥，杀鸡取卵，导致军队哗变，民怨沸腾，流寇四起。

冥冥中一切早有定数，亡国之势又岂是一腔热血可以挽回？江山传至他手中，痼疾深重，忧患已如癌细胞扩散般回天乏术，社会问题层出不穷。这江山社稷，除非推倒再建，别无他法。

论起朝政的混乱，崇祯朝十七年任用五十相，更迭之频繁，世所罕见。

在我的记忆中，能与之相提并论的恐怕也只有北宋的钦宗赵桓了。赵桓治国能力实在有限，性情又优柔寡断，朝令夕改是常事，用人又顾虑重重，在即位一年多的时间里，走马灯似的换了二十六位宰执大臣。

崇祯帝虽然勤政，但他性格急躁软弱，不善明察又轻信多疑，更兼刚愎自用，以致人心惶惶，言路断绝，终成孤家寡人。后期又重蹈父兄覆辙，任用宦官。崇祯帝待袁崇焕的态度最能说明他内心的复杂矛盾，前期甚为倚重，言听计从；后期中反间计将其误杀，倾国之力打造的宁锦防线失守，灭顶之灾已不可免。

人生最大的恐惧是什么？不是死亡，而是自信满满的你，终于看清自己的如此渺小，如此微不足道，如此不被需要。他默然阖目，郁然长叹！十七年来，日夜忧惧，如堕无间地狱。未尝不曾料想过有这一日：烽烟四起，血染都城。

人生很多时候是明知不可为而为之，当结局如约而至，只能慨然领受，国破家亡是他逃不开的宿命。是罪罚吗？江山覆灭、战火纷飞的凄艳壮烈图景，虽然让人痛心遗憾，亦有难以言传的如释重负之感。他不过是一次漫长无度的需索后最后一位离席的埋单者。

崇祯帝死前，将皇子们送走，以图来日复国。回宫命妻女殉国，天启朝张皇后，崇祯帝的周皇后、袁贵妃自缢（袁贵妃自缢未成，倒地后，被崇祯帝补了一剑侥幸未死，后被清廷寻到奉养）。崇祯帝先寻长平公主，挥剑斩断长平公主一臂（公主重伤委地，侥幸未死，同样落入清军手中，和袁贵妃一样成为清朝优待明室的标本），之后又返回乾清宫东侧的昭仁殿，杀死与他同住的年仅六岁的昭仁公主。

生之哀，死之痛，很难说哪一种更剧烈。他不是没有试图自救，逃出这座紫禁城，奈何深陷重围，生路断绝。天下虽大，但已没有他的容身之处。

无路可走的朱由检登煤山自缢，死前自去冠冕，以发覆面，自觉无颜见列祖列宗，愧对天下臣民。他在袍服上留下血书："朕自登极十七年，逆贼直逼京师，虽朕薄德匪躬，上干天咎，然皆诸臣之误朕也。朕死，无面目见祖宗于地下，去朕冠冕，以发覆面。任贼分裂朕尸，勿伤百姓一人。"

崇祯帝死时，身边仅余太监王承恩一人相随。

在景山回望故宫，但见关河冷落，断鸿声远，故国的光芒在眼中熄灭。人世的悲喜在沧桑巨变前总是轻如鸿毛。

“天子守国门，君王死社稷”，但从来君王惧死，口中大义凛然不可侵犯，真到了兵临城下，并不见几人为社稷牺牲。朱由检以身殉国，兑现了他最后的承诺，不失为君者的气节，故被尊为明烈宗，这个“烈”字，他是当得起的。

功过得失，是非曲直，后人自有公论。可他还有一句遗言：“来生莫入帝王家。”令人闻之大恸，思而下泪。一生过尽，检点从头，生如断简残章。责任如山，怨仇如海，欢乐却寡然。他所得到的情谊、恩爱、幸福，几乎可以忽略不计。

无所从来，亦无所去。这煌煌紫禁，埋葬的何止是女人的青春，还有男人的雄心。

## 伍

由西华门进宫，会先经过武英殿，再到别的地方。每次经过武英殿，都不禁感慨一番。崇祯八年（1635 年），崇祯帝从乾清宫迁到武英殿，表示要一直住到太平之日才搬回去，但他没有等到这一天。

在他死之后，李自成着急忙慌地盘踞了这里，在此登极。新王朝名为“大顺”，年号为“永昌”，结果皇位屁股没坐热就被迫撤离了北京。他临走前，火焚紫禁城，连带烧了北京九门，北京城陷入一片火海。李自成像一颗流星迅疾划过京城上空，带来的不是百姓期待的安宁，而是令人瞠目的浩劫。

回顾明朝的建立和败亡，我遥遥看出了一点宿命感。老朱家是赤贫出生，赤手空拳打下江山，把国家设计成个大农村，最终也被另一个赤贫所灭。

此后的紫禁城历经岁月变迁，饱经天灾人祸，屡毁屡建，屡建屡毁，每一次修缮都劳民伤财。为肇建一家一姓之居所，为迎合帝王皇图霸业、江山永固的美梦，黎民百姓付出的代价何其深重！

虎视眈眈的清军，经过长期透彻的了解和观察，认定明朝已经腐朽至极，正伺机进攻中原。与此同时，李自成在自我毁灭的路上一路狂奔，他的无知自大、丧心病狂更是发挥了推波助澜的作用。大顺王朝无所不用其极地搜刮民脂民膏，在极短的时间里，仅在北京一地就劫掠了白银七千万两，这个数量足够明朝覆灭三次。他杀戮官员及其眷属，并因此激怒了吴三桂。吴三桂降清，开山海关，一路追杀他，不死不休。

清兵长驱直入，再无实质性的阻碍。

公元 1644 年五月初二，摄政王多尔衮率军先抵北京。经过李自成祸害、摧残，劫后余生的官员们动用了明帝的卤簿仪仗，率众在朝阳门外焚香跪迎。多尔衮入宫后，径直来到武英殿，登上御座，明朝官员拜伏在地，高呼万岁。多尔衮下令：清军入城后必须秋毫无犯；为崇祯帝发丧三日，以皇帝的礼制安葬；归顺的前明旧臣，一律原官任事。

公元 1644 年 10 月，顺治帝入关，爱新觉罗氏取代朱氏成为紫禁城的新主人。

客观地说，入主中原的满族人虽被当时的汉人认作异族、鞑虏、蛮夷，却并没有像过去众多的新政权一样，莽撞地将象征皇统的旧朝宫苑焚毁或拆掉，而是选择在原有的基础上不断修葺加建，基本形成了今日所见的紫禁城的建制规模。

一方面碍于当时的现状，兵祸连连之后必须予民休养生息；另一方面，未尝不是出于一种气量：我虽夺了你的江山，但我执掌江山的能耐并不比你差。我要万民称颂，心甘情愿臣服，渐渐地忘却前朝。

中国古老的政治制度，从周朝的分封制开始，自汉迄唐就有了过于集权的趋势，这本无可厚非。一个统一的国家，都该有一个稳定的中央，政治进步，政权自然集中，但宋、明、清三朝的中央集权，造成了地方政治的没落。清朝的政治制度大体承袭明朝，在中央集权方面却又学习元朝。只是满族人更高明，暗藏了很多机巧。所以表面看来，没有那么血腥野蛮。

虽然提及中国古代的政治制度，我们惯常的论调是封建君主专制，但实事求是地研讨历代的政治制度就会发现，自古以来的政治体制，并不缺乏公心，亦不全由帝王的私心作祟，为所欲为。

在皇室和政府的职能划分、君权和相权的制衡配合上，都有其独到的智慧和用心。即使后来随着社会发展变动，制度逐渐不能与现实契合，形成种种弊端，亦不能将其全盘否定。

中国的传统政治，自汉代起，就不能简单地称之为皇权，因为并非由皇帝一人独揽大权；亦不能说它是贵族政权，因自汉以降，没有传承不变的贵族，唐朝时门第衰落，就更没有了；也不能说它是军人政权，因自汉以降，未见哪个政府是由军人掌控的。客观讲，它是一种士人政权，一种平铺的社会形态。

与西方在中产阶级形成之后所采取的民主公开不同，古老中国皇权之下的权力职位，实质是向社会公开的，通过科举制，越来越多的读书人跻身仕途，掌握权力。但除此之外，国家一贯延续节制资本的传统，并不鼓励聪明人投身工商业，创造私人财富。以至于读书人壅塞仕途，则是另一种日久沉积的弊端，非经由历史发展不能显露其危害。

除却士人政权，另有一种特殊的政权形态——部族政权。清代因是异族入主中原，为防异端，存了私心，乃化制度为法术，因袭明制，设六部尚书，废除宰相，清朝皇帝又普遍勤政，君主专制由此达到顶峰。因清政府难以做到真正的一视同仁，满汉之间量才取用大不公平，种族之间的矛盾及其造成的种种弊端，直至清中后期，社会矛盾频频爆发才真正引起关注。

故宫暮色，落日余晖，似一幅缓缓展开又合拢的画卷，又像一首欲言又止的诗篇，蕴藏着无数苍茫浩荡的过往，犹如暗沉天空一道道惊雷闪过。鸦片战争直接改变了中国和世界的关系，打破了千年以来天朝上国、四方臣服的幻梦，国人不得不重新审视自己的定位。

一次次的尊严扫地，直至荡然无存。地位由强转弱，列强蜂拥而至。甲午战争之后，这屈辱痛感格外持久鲜明。不可回避的事实是，帝国正被肆无忌惮地瓜分。世界广大，强敌环伺，对于这帝国中心宫禁里惯常唯我独尊的人而言，是多么尴尬急迫的认知。

站在金水桥上，回望故宫，仿佛看见往昔一个帝国的崩溃和坍塌，又犹如立足在历史的分界线上，忽然领会到了当年光绪帝矢志改革，发动百日维新的急切心态。当年的他应是站在了历史的节点上，要么退一步，回到自欺欺人的世界；要么进一步，接受改变，与崭新的现实照面。

## 陆

甲午中日战争的战败对于光绪帝和当时全中国的精英分子来说，都是沉重打击，同时又是强烈的刺激。今变亦死，不变亦死，纵然自知准备不足，但事已至此，唯有义无反顾放手一搏。

太多人记住了戊戌变法的失败，记住了维新派的不成熟，却习惯性地忽略了光绪帝的见识、责任、勇气和决断。如若他真是一个性格糊涂、优柔寡断，对现实患难缺乏见识和担当的年轻人，他大可固守尊位，龟缩在他的宫殿里，不必押上自己的前途和命运。

事实上，他为当时的国家付出了自己全部的热情和尊严，即使这失败足以葬送他的余生，令他形容惨淡，生不如死。就是在失败之后，十年的幽禁生活亦不曾彻底击垮他的意志。

昔日的大清门已不复见，今日从天安门步入紫禁城，遥想百年前“金凤颁诏”（明清两代逢皇帝登极、退位，册立皇后，颁布重大诏令时在天安门举行的颁诏仪式）的情形，依然思绪翩跹。

1898年，那从城楼上缓缓降下颁行各地的诏书，昭示着变法的开始，那蜜月般短暂的一百零三天，是中国近代历史发展的一个契机，不能因其仓促失败而一概否定它的积极意义。

康有为晚年承认自己当年的改革是急切的。他对社会体制的设想有其内在的不合理性，并不符合当时的政治、经济及社会背景，且与当时固有的传统之间也有着不可调和的矛盾。但在当时，他的大部分目标和为之而起的论战并非全无依据。

光绪帝也深知这一点，他甚至比康有为更切实地知道身边保守势力的强大。他们一旦聚合起来反扑，那威力足以让维新派全军覆没。是以，他宁愿兵行险招，迅速采取行动，试图在反对势力形成气候之前将改革措施推行下去，寄望能获得成效，进而得到更多实际的支持。

那一年，这个充满想法和激情的年轻人和他的同道中人一起进行着一场巨大的冒险。那雪片一样密集的诏书，犹如一道道利箭，试图冲破固有的禁制，改弦易辙，给旧国家带来新希望。遗憾的是，这些法令的命运亦如雪花一样短暂。因在当时，思想开明的有识之士所拥有的力量比起保守派来，实在微不足道。

回望这一段动荡，不得不提曾被光绪帝委以重任、寄予厚望的袁世凯。光绪帝并不愚笨，他深知改革的危险性，希望找到一个深具实力的支持者，此人必须掌握一支精干有效的军队，能够灵活地行动，并对维新变法持开明的支持态度。同时，此人应绝对忠诚，不会辜负皇帝对他的信任。

除却那明摆着不存在的忠诚，可以说，当时的袁世凯是最符合光绪帝要求的人选。不能苛责光绪帝所托非人，他万万没有料到，袁世凯竟在变法时出卖了他……

在光绪帝的设想中，他需要袁世凯所做的事情就是阻止顽固派和慈禧太后取得联系，以保证改革措施有足够的时间去实施。而袁世凯在得到皇帝的密旨之后，立刻去见了握有实权并极具话语权的大臣荣禄，彼此进行了一场心照不宣的谈话，袁世凯将光绪帝的意图和盘托出。

从 1875 年光绪帝继位到 1889 年大婚亲政前，权力一直被牢牢握在慈禧太后手中。而 1889 年至 1898 年的十年间，已经亲政的光绪帝手里的实权同样十分有限。在起用康有为等维新变法之前，光绪帝所做的事情基本是因循旧制、不敢稍改慈禧定下的施政方针，早晚请安，事事请示汇报，唯如此才可维持表面的相安无事。

而精于权谋的慈禧一味沉浸在自己的幻梦里，罔顾国家已捉襟见肘、千疮百孔的现状，为满足自己的私欲，将原本北洋水师的军费挪用作她的庆生之用，致使甲午战争中被列为“东亚第一”的北洋舰队全军覆没。

慈禧太后虽然撤帘归政于光绪帝，却仍是帝国的实际执掌者，拥有凌驾于皇帝之上的绝对权力。光绪帝的改革在阳奉阴违、半遮半掩的情况下如履薄冰地进行着……开始慈禧并没有绝对反对，她抱着“我就姑且让你一试”的想法。可是，当光绪帝的冲动和激情已经超出她的理解和容忍的范围时，她立刻予以否定、抹杀。

当太后的銮驾从颐和园赶回紫禁城，一切已经不可逆转。慈禧以压倒性的淫威覆灭了皇帝仅有的尊严和威信，收回了曾赋予皇帝的权位。“帝遇疾，皇太后复训政”这寥寥九字的诏书一经发布，意味着维新变法的失败已不可挽回。

“我自横刀向天笑，去留肝胆两昆仑。”与这些慷慨就义、舍身成仁的志士相比，壮志未酬的年轻皇帝更值得怜悯。比起戊戌六君子魂断菜市口，他的命运更无奈悲惨。他被盛怒的太后囚禁于一座与紫禁城相连的湖心岛——瀛台上，开始了长达十年的幽禁岁月。

慈禧太后以光绪帝的名义发布罪己诏，表示皇帝不再具有统领天下臣民的能力和资格，权力重回慈禧手中。

再度成为傀儡的皇帝每天被太监从孤立的小岛上接出，麻木地坐在重新归政的慈禧太后身边，口不能言，目不斜视，成为朝堂上名副其实的摆设。聆听她的训示，目睹她发出各项指令，推翻他之前所做的全部努力，将命不久矣的帝国推向覆亡的深渊。

在古老的传说中，叶赫那拉氏是爱新觉罗氏的死敌，叶赫那拉氏的先祖曾经发誓要覆灭爱新觉罗氏的统治。随着时间的推移，这充满恨意的古老誓言已逐渐被人遗忘。在慈禧太后入宫之初，没有人会想到，仅为妃嫔的她有朝一日会紧握至高无上的权力，决断这个国家的命运。

这一刻还是到来了。

光绪帝失败得十分屈辱，无论是在瀛台的涵元殿还是在颐和园的玉澜堂，他都被慈禧牵来扯去，从一个囚室跋涉到另一个囚室，周而复始地进行着凄凉的迁徙，任慈禧随心所欲，未曾获得一刻安宁。

曾经有一个疑问困扰了我多年：为何光绪帝在一个手无缚鸡之力的老妇人面前如此不堪一击？我想，比较合理的解释应该是，慈禧自辛酉政变铲除顾命大臣登上权力舞台开始，历经太平天国之乱，以及后来的“同光中兴”，她在政治博弈中获得的权势威信和在清朝贵族中获得的支持已无人可及。即使是当年权倾一时的恭亲王亦不可与之相比。而光绪帝所实施的改革本身因受康有为等人的书生意气误导太深，急切求进，恰好触犯了清朝贵胄的集体利益。如前所述，清朝是个部族政权，君主一旦失去他们的支持，也就失去了实际统治权。

而在民间，虽不乏有识之士，但因无法即时享受变法的好处，普通民众不可能在短时间内领会维新变法的深意。更何况，对大多数人而言，打破传统，接受新事物，本就是可畏的事情，民智的开启需要漫长的培养。此次思想变革的失败似乎早已注定。

举目望去，光绪帝身边可用的人屈指可数（连妻子和太监都是慈禧的亲信）。内有劲敌，外无强援，再加上自幼养在宫闱之中，性格喜怒不定、冲动易变以及对慈禧多年的积威深有惧意，年轻的皇帝实在难逃掌控，难以获得如日本明治天皇一样的成功。审时度势，他妥协认错，也未尝不是明智之举。至少在当时，他是抱着来日方长、从长计议的打算的。

有生之年，被囚禁在皇城之内的光绪帝和流亡在外的维新党人都未曾放弃过努力，现实却未给予他们希望和转机。起初，康有为希望在西方列强的干预之下，施加压力迫使慈禧归政于光绪帝。这些努力虽然保住了光绪帝名义上的地位，却让他遭到慈禧更深的忌恨和防范。光绪帝亦自知唯有重掌政权才是重获自由的希望，但这希望终归幻灭。

是造化弄人，时不我与，还是大清朝真的气数已尽，非人力能挽回？我不能论断。

经历了庚子年的义和团之乱，八国联军进逼北京，仓皇离京之际，光绪帝失去了他一生最钟爱的伴侣——珍妃。这个噩耗几乎彻底摧毁了他，令他了无生趣。遥想光绪帝与珍妃在紫禁城的黄金岁月，珍妃随居养心殿后殿的“燕禧堂”中，每日陪侍光绪帝。珍妃经常女扮男装，她的男装扮相英姿勃勃，令皇帝十分开心。她是他被压制的一生中屈指可数的温暖，他们忧喜与共，既是爱人，又是知己。

曾经，他在慈禧的逼压下娶了隆裕；曾经，在失去权力的漫长岁月里，更漏孤眠听夜雨，隔着咫尺宫墙相思守望，盼着与被打入冷宫的珍妃聚首。拯救她，成为支撑他活下去、重掌政权的至关重要的信念。而今，连这信念亦不存在了！

命运竟连最后一丝机会也不给他！幽禁十年，光绪帝亦不过人到中年，有朝一日，年迈的慈禧驾鹤西去，他重掌河山的日子并不遥远。奈何她精力如此充沛，一直与他鏖战，牢牢压制他的命数。

1908年，在生命的最后时刻，光绪帝恳请慈禧抛却私怨，以江山社稷为念，在宗室中选择年长者承继帝位，以应对将来动荡不安、混沌不明的局势。这个合理的要求依然被独断专行的慈禧否决。

合上倦怠的眼睛，在记忆未曾消散之前，回望这凄惶一生，可以想见他的绝望不甘。是她让他登上帝位，亦是她令他受尽屈辱。他们之间的恩怨，恐怕到了九泉之下也难以理清。

生如流星之迅疾，死如夜海之岑寂。碧波拍岸，葬送了他的一世抱负。时至今日，还有多少人会记得那曾经奋斗过的孤独和那高贵的灵魂。

先驱容易成先烈。可是，作为尊重历史的人，我们应该记得，历史并不全由成功者书写。

他，无愧他的庙号——德宗。

## 柒

1908年11月14、15日，前后不到一天的时间里，光绪帝和慈禧太后先后辞世。

光绪帝无后，慈禧心中则早有打算，所择定的继承人是第二代醇亲王载沣和荣禄之女所生之子——年仅三岁的溥仪。慈禧以光绪帝遗诏的名义册立幼主，如此，她的侄女——光绪帝的遗孀——隆裕被尊为太后，叶赫那拉氏的尊荣得以延续。

隆裕和光绪帝一样，是个可怜人。一生被慈禧操纵，无欢无爱无自由，也不受人待见，名为皇后，实际则连慈禧都不太喜欢她。如果没有和光绪帝的这段孽缘，她大可以嫁给皇室宗亲，最不济也可以低嫁，过平凡的生活。可她偏偏嫁入皇宫，成为皇后。

与被慈禧太后操纵的皇帝和皇后一样，爱新觉罗·溥仪也注定是个悲剧人物。从三岁被迎入紫禁城开始，他在这人世间最大的囚牢里度过了二十一年。电影《末代皇帝》里，有一个镜头让人记忆犹新：年少的溥仪爬上皇宫的殿顶，他并不是想逃跑，只是想看看外面的世界，哪怕只是稍微接近一点。

天空蔚蓝，强烈的光影在视力不好的溥仪看来，似是波影流光。外面的世界是一个不曾踏足的幻梦，幻梦深广，禁锢他的城池却是如此狭小坚固。他终于被焦急的内侍和大臣寻到，接了下去。紫禁城中家天下，纵然大清王朝已今非昔比，名存实亡，在这个苟延残喘的小朝廷里，他依然是名义上的君王。

时为 1919 年。新事物与旧秩序重叠，新时代和旧时代缠夹不清，仅存这宫墙的一线之隔。

一生之中，他永远不是命运的主宰者，只能随波逐流。在他的生活里筑着这样的宫墙。在他的心里，未尝没有这样一道不可逾越的墙。墙内，是他颠沛流离无所适从的一生；墙外，是帝国曾经的功业辉煌，先祖的荣光……

这种憾恨，从他被择定为帝，迎入太和殿的那一刻已经形成，注定随着他的成长而日渐深重。

作为末代皇帝，溥仪在历史中不容忽视；但在现实中，他的存在更像一个模糊而尴尬的符号。围绕在他身边的大多数人，都试图利用他所剩无几的价值换取自己的利益。

1911 年，辛亥革命推翻清政府。天安门最后一次举行“金凤颁诏”，时在清宣统三年十二月二十五日（1912 年 2 月 12 日），隆裕太后以宣统帝的名义颁布退位诏书。自此，大清统治结束，溥仪成为清逊帝，蜗居于乾清宫以内的内廷，惨淡度日。

毕竟世易时移，成王败寇。本以为这样的隐忍可换得一世安稳，至少可以保全虚名；但世事动荡，总不遂人愿。当年，在袁世凯的操持下，民国政府与清室签订《清室优待条件》。此事最大的实际受益者是袁世凯，对民国，他以免除战乱、和平解决争端而邀功；对清廷，他又以保全皇室的忠臣自居。

袁世凯何以能同时操纵两方、坐收渔翁之利呢？

这须得上溯到甲午战败之后。彼时，清廷在德籍洋员汉纳根策划之下，决定练“新军”十万人来重建国防。袁世凯受命训练新军，招了一批陆军专才，渐渐有了自己的政治资本。义和团运动之后，袁世凯当上了北洋大臣，实权在握，他便将原有的新建陆军扩大为北洋六镇（六师），成为大清帝国第一支现代化的国防军。

所谓“北洋”，原是从清末官制所谓的“北洋大臣”和“南洋大臣”开始的。清末至民国期间，称江苏省以北的山东、河北、辽宁沿海各省为“北洋”，以南的沿海各省为“南洋”。清制无宰相，各省拥有实权的封疆大吏，以接近京畿的直隶总督兼北洋大臣最为尊贵，清末重臣曾国藩、李鸿章都曾任此职，权倾一时，成为大清帝国实际的宰相。庚子事变后，李鸿章在直隶总督兼北洋大臣任上被活活累死。弥留之际，他在病榻上修“遗折”，保荐袁世凯继任此要职。

袁世凯于1901年年底出任此职，直至慈禧去世前一年（1907年）。慈禧深恐在她死后无人可以驾驭这位权相，遂对袁氏明升暗降，调任他为军机大臣，去其实权。

迨两宫同逝，因光绪帝有遗诏密令诛袁世凯，溥仪之父、摄政王载沣欲遂兄之遗愿，却力有不逮，诛袁未遂，只得以足疾为由将他开缺回籍。可惜袁世凯此时在北洋大臣任内羽翼已丰，有心腹段祺瑞替他执掌新军，纵然衔恨而去，亦不过一时隐忍，东山再起也是指日可待。

武昌首倡起义，一时天下躁动。清朝权贵颟顸，无力弹压，袁氏应诏复职。他是乱世之奸雄，此番复出与清廷已恩断义绝，心知大势之不可逆。既然帝制必败，他便投机于共和。

溥仪在《我的前半生》里回忆，他六岁时目睹袁世凯入宫奏请退位之事，袁世凯跪在隆裕太后面前，两人相对垂泪。很明显，彼时寡妇孤儿的伤心惶恐是真，袁世凯的伤感分明是逢场作戏。

隆裕在慈禧死后，事事欲效仿慈禧，却实在不是那块料。她以往做皇后时，亦只相当于慈禧的婢女，在宫人之中并无威信可言。和袁世凯密谈之后的次日，隆裕太后在养心殿等到上午十一点，仍不见袁世凯来，便传奏事处问话："今天军机大臣怎么还不上来？"奏事处回禀："袁世凯临行时说，从此不来了。"隆裕太后闻言，目瞪口呆，说："难道大清国，我把它断送了？"

清帝应允退位。

事实上，历届民国政府都未履行优待条件上所应支付的款项。一方面是内忧外患频仍，政府财政捉襟见肘，实在是力有不逮；另一方面，恐怕是基于“墙倒众人推，破鼓万人捶”的心理，在当时拥护共和的人看来，保留清帝的性命、尊号，包括私有财产，已经是莫大的让步。

时越二百余年，清廷气数已尽，纵使没有辛亥革命，也会有别的革命。

“最是仓皇辞庙日，教坊犹奏别离歌，垂泪对宫娥。”作为一场大戏的谢幕之宾，虽然戏份已定，但以这样蛮横无理的方式被驱离，任何人都不可能无动于衷。想来溥仪是不无悲凉怨愤的，自己想离开是一回事，被驱逐是另一回事。

其时，正值光绪帝遗孀端康太妃的葬礼，鹿钟麟领兵逼宫，勒令溥仪与皇宫中的亲眷在三小时内离开紫禁城。

在此之前，不能说溥仪丝毫没有复辟帝位的想法，但他天性温良，不是野心勃勃、贪得无厌的人。围绕在溥仪身边的种种政治图谋，更多是各色政治集团基于自身需要而宣传策动的，他所起的作用并不关键，注定是个受人利用摆布的悲剧角色。

在溥仪的英文老师庄士敦的眼中，少年皇帝是个聪明、优雅、理智的绅士。自幼所受的完备的传统教育又让他兼具君子的品行。他对外面的世界保持着强烈的好奇心和求知欲，却对种种政治阴谋缺乏兴趣。他一度有放弃帝位，托庇于外国公使去国外游学的想法。这个计划最终因为种种顾虑和现实干扰，不得成行。

此外，日渐明晰事理的溥仪察觉到太监们偷盗宫内财物，也知道内务府贪腐的情况实在严重，为免日后真的入不敷出，意欲整顿内务。他一面下令缩减宫内开支，一面令内务府开列宫内所藏珍宝及其账目清册，以便随时查验。孰料此举竟然导致皇家私库被烧，建福宫花园内亿万珍宝被付之一炬。

建福宫位于故宫西北侧，原址为明代乾西四、五两所，为皇太子居处。雍正帝死后，乾隆帝在养心殿守制二十七个月，深感枯燥。想到若干年后皇太后宾天，到时自己年事已高，还将守制，遂在乾隆五年（1740年）下令修葺建福宫及其花园，“以备慈寿万年之后居此守制”。

建福宫花园修在重华宫之右，其主体建筑为建福宫，故称建福宫花园，亦称西花园。

建福宫花园地虽不阔，却亭轩错落，曲折雅致，乾隆帝曾在此奉皇太后赏花侍膳，后来皇太后死于畅春园，乾隆帝虽未遂初衷，却也将此地作为宫中一处重要的行乐之所。

乾隆帝因对此地甚为喜欢，遂将其珍爱的许多珍宝存放于此。嘉庆帝曾下令将其全部封存。此后，建福宫花园一直作为收藏皇家珍宝的殿库，其重要性非比寻常。

1923年6月2日，天色未明，紫禁城内建福宫发生大火。火情是东交民巷的意大利使馆发现的，当救火车到达神武门时，守门的卫兵还茫然不知。除却大片具有历史和建筑价值的宫殿被焚毁之外，这次火灾的损失无法估量。

据溥仪回忆，火灾之后内务府曾报上一笔糊涂烂账，粗略报告了损失。事已至此，他有再大的疑虑，亦只能草草结案。当时的报纸舆论都怀疑是宫内的太监作祟，因他们平时盗取了珍宝，此番听闻皇帝要查点，干脆铤而走险，纵火消灭罪证。

追究原因，自然少不了内务府的腐败和纵容，事后内务府给出的答复和处置亦模棱两可，意在息事宁人。但这场大火却坚定了溥仪的另一个决定：遣散宫中的太监，且意志坚决。最终，紫禁城内仅留下五十余名太监伺候年老的三位太妃。1923年7月，建福宫火灾后不久，溥仪命太监离宫，自周朝以来延续了几千年的太监制度得以废除。

建福宫大火的烟霾尚未散去，一年半之后，更具悲剧性的逼宫事件就来了。

这是最彻底的告别。

溥仪离宫后先住在出生之地——北府（旧时北平西城太平湖的醇亲王府）。后因京城时局不稳，城内风传冯玉祥要对张作霖和皇帝有进一步的行动，深恐有性命之忧的溥仪托庇于东交民巷的外国使馆，后被日本使馆接纳。

从 1925 年 2 月到 1931 年 11 月，溥仪在天津的日租界度过了近七年漫长、苦闷又新鲜偶见情趣的旅居时光。这期间，他的个人生活亦是波折不断。1925 年，末代皇妃文绣不满皇室的夫妻关系，提出离婚，闹出了轰动民国的“妃子革命”。这场离婚虽令时人叫好，认为是摧毁旧制度，追求个性解放、个人自由之举，却令溥仪颜面扫地。有史以来，他是第一个被离婚的皇帝。

讽刺的是，这场妃后之争，虽以婉容的胜出告终，但文绣离开后，婉容和溥仪的关系也渐渐不睦，文绣尚得善终，婉容最后的结局却非常凄惨。文绣先前在溥仪和婉容之间一直备感尴尬伤情，终于忍到不想再忍。她离婚后境遇其实也不好，不过好在她求仁得仁，做成了两千多年来无数后妃想做而不敢做的事情。

遥想明、清两代的帝宫，如果皇帝可以离婚的话，帝、后、妃之间应该可以免却许多因为他不爱我或我不爱他而衍生的悲剧吧！除了面子之外，对彼此应该都算是一种解脱。

## 捌

1928年，土匪军阀孙殿英盗掘清东陵，据《东陵纪事诗》及其注语所载，墓内一片狼藉，清高宗乾隆帝和慈禧太后的尸骸被翻出，践踏在地，尸骨散碎，惨不忍睹，盗出的财宝装了三十大车。

盗陵事件发生后，溥仪和清朝遗老遗少们陷入极大的愤慨哀痛之中。

据说孙殿英将其中最为珍贵的“九龙宝剑”送给了蒋介石，将夜明珠送给了宋美龄，将“金玉西瓜”送给了宋子文，国民政府的其他高官权贵亦得其馈赠。此事虽在国内外引起极大震动，国民政府亦声称要彻查，最终不了了之……

曾经的帝国像先人的尸骨一样，分崩离析，任人践踏。如果此前溥仪尚可容忍民国政府和各色军阀对他个人的无礼、怠慢和轻视，不遵循优待条件，侵吞他的个人财产乃至对他造成死亡威胁……那么，盗墓事件则成了压倒他的最后一根稻草。

失落、压抑、愤怒，多年以后，溥仪再次拾起对权力的念想，准备复辟。

这份屈辱，这么多年残酷的折磨令他不得不恋栈。

对他而言，尊严跟权力是紧密相连的——这是末代皇帝的悲哀，更是他的宿命！

对此，溥仪的侄子爱新觉罗·毓嶦有诗感慨："暂寄东邻差安妥，却将饮鸩作醍醐。津门七载似韬晦，窥机伺变复皇图。"溥仪幻想着有朝一日，能再现大清帝国的荣光，再回紫禁城太和殿。最起码，他有能力使某些罪人得到应有的震慑和惩罚，而不至于像如今这样形同被流放。

"蓬山岂是多仙子，白山黑水久觊觎。"溥仪随后随同日本人到关外，成立伪满洲国，再次即位称帝，年号"康德"。身为傀儡，他未尝不知是被人利用吧！只是他势单力薄，要想把握住那岌岌可危的梦想，就不得不借助日本人的力量。

但最终，溥仪亦未能得偿所愿，他被利用得很彻底。日本人从未打算兑现帮助其恢复"大清"的许诺，让他当所谓"满洲国"的"皇帝"，只为实现其策动"满蒙独立"、分裂中国的阴谋。在日本人的监控下，他不能随意步出"帝宫"，所有对外言论亦需经关东军审查。他后来真心喜欢的女人谭玉玲（谭贵人）也死在日本人的阴谋之下。

“贪心未敢蛇吞象，遂牵傀儡作伥菟。一身已成千古恨，万姓流离遭毒荼。仰人鼻息十四载，五年绝域困囚徒。”毓嶦对他的这个概括，精练而准确。

1945 年日本战败后，溥仪作为战犯被抓获，先在苏联被关押了五年。1950 年 8 月初被押解回国，在抚顺战犯管理所继续学习、改造。改造期间，溥仪写了不少检讨、交代材料和反省日记，综合以前在苏联写的另一些材料，最后出版成书，即日后流传甚广的《我的前半生》。

1967 年，末代皇帝溥仪病逝。他的死，像一段千年乐章落下最后一个音符，也昭示着一段延续两千多年的历史真正结束。

在他身后，紫禁城依然矗立，留下无尽沧桑供人怀想，余韵深长。

# 跋　山河岁月

贝托鲁奇在《末代皇帝》中安排暮年的溥仪以游客的身份重返紫禁城，再登太和殿，这自然是虚构的。我不知道，假如真有这种际遇，溥仪会是怎样的心境。

他回想、沉思，记起了很多很多值得或不值得一提的事。它们彬彬有礼地造访了他，又姗姗离去。

回首来时路。走出紫禁城的路太短，走回紫禁城的路又太长。所谓白云苍狗，世事如幻，一生到头，阅尽世事铅华。万千哀凉俱化静水，若有感慨，终不过一句“物是人非事事休”。

电影《末代皇帝》中，溥仪推着自行车走在街上，一群狂热的革命小将高呼着口号迎面走来。我始终不能忘记这个场景，不知此情此景，在垂垂老矣的溥仪听来、看来，是何种滋味？

也许，他会想起1908年12月2日那个寒冷的早上举行的登极大典。年仅三岁的他，被折腾得够呛，忍饥挨饿受累，坐在太和殿空荡荡硬邦邦的宝座上，面对着御座下黑压压的文武百官，不理会阶下群臣山呼万岁之声，哭闹不休："我不挨这儿，我要回家。"而他的父亲、摄政王载沣安抚他说"快好了，快好了"，却被以讹传讹成"快完了，快完了"。

也许，是心如静水，波澜不起。以一颗倦心、一双老眼来看待时代所谓的风云变幻，怕是会暗自失笑吧！纵是绝代强人又能骄横几时？君不见，秦皇汉武、成吉思汗俱往矣，数尽风流人物，终不过雨打风吹去。没有人会在意一位逊位君主的孤独。他形单影只，像一只远去的秋鸿，从历史角色中退出，卸下一身包袱，成为历史的旁观者。

他死于1967年，在那场浩劫开始不久，也算是死得及时，死得其所。

一世清浅，一世沧桑，一世匆匆。到头来埋骨沉沙，殊途同归。

斯人纷纷，潮来潮去，那紫禁城依旧矗立在红尘深处，印记鲜明。

金水桥边金乌西坠，那红墙黄瓦的禁地是他永远也回不去的家，亦是他曾经想逃离的囚牢。对于三岁就生活在紫禁城中的溥仪而言，紫禁城已经融入他的呼吸与生命。

有人说，如果你必须离开一个地方，离开你曾住过、爱过、恨过、深埋你很多过往的地方，不要慢慢地离开，一定要迅速、果断，来不及回望。因为，日后的回忆会纠缠你一次次重返故地。

时，天似碧玺，月如翡翠。

岁月流逝永不停歇，寂静深长。

“尽珠帘画栋，卷不及暮雨朝云；便断碣残碑，都付与苍烟落照。只赢得，几杵疏钟，半江渔火，两行秋雁，一枕清霜。”

旧欢搁浅，旧梦还新。

这世上有什么敌得过时间？所有的荣耀、辉煌、屈辱、悲凉，都融入沧桑。

多少欲说还休事，尽付与无常。

再见，故宫！